妳最後留下的歌

一条岬 Misaki Ichijo

輕文學
Light Literature

目　　次

序章

綾音曾經說過，我寫的詩會永遠流傳。

不過，寫出那些詩的我本人，就連得過獎的作品也不太記得了。

在歲月如灰塵般積累的當中，過去的作品逐漸地消失了。

這一點不限於詩作。

即使是和綾音一起創作的歌曲，在歌手逝去之後，也會如歌聲般消失無蹤。

想必，大家都是在慢慢失去各種東西的當中，追求著各自的幸福。

拚命地活出當下，感受當下。

＊＊＊

車子行駛在熟悉的平坦鄉間道路。

雖然是櫻花盛開的三月，但下午的天空卻灰濛濛的。

我的雙手此刻握著老爺車的方向盤。幾個小時之後，這雙手就會改拿吉他，進行這輩子第一次的現場演出。

汽車後座放了裝在吉他盒裡的電木吉他。那支吉他原本是綾音的，現在則由我保管。

「你們兩個到底是怎麼認識的？」

坐在副駕駛座的是我最愛的「她」，此刻正在詢問我關於綾音的事。

綾音和我都是在這座鄉下小鎮長大的。在我這個世代，很少人沒聽過綾音的名字。

她在高中畢業之後，就展翅高飛到更遼闊的世界，後來成為無人不曉的歌星。

綾音和我在高中的某段時期，曾一起寫歌。

地點是在宛若被世界遺忘的老舊校舍裡的文藝社社辦。

「你差不多也該告訴我這方面的事情了吧？」

車子在昏暗的光線照射之下，朝著目的地直線前進。這時剛好遇到紅燈，於是我把視線轉向坐在副駕駛座的她。

我並不是個多話的人。即使有人問起，我也不會去談綾音的事。

只有對坐在副駕駛座的她例外。

過去有好幾次，我在她的要求之下，談起綾音的事。

因為這是有意義的。

不過我跟綾音是在多愁善感的高中時期認識的，因此基於害羞，在談起時有很多地方省略掉了。

雖然有部分同學誤解，但我和綾音當時並沒有交往。

綾音從以前就在作曲，不過她不會寫歌詞，於是平常在寫詩的我因為有點複雜的原委，為她提供歌詞，開始一起寫歌。

我們當時的關係就只是這樣而已。

車子比預定時間提早許多到達目的地。

這裡是我和綾音高中時常去的餐廳。

她當時不是在Live House，而是在這間餐廳演唱。

我把車子熄火，車內便一片靜寂。副駕駛座的她因為我沒有回答問題而不滿，但還是沒有放棄。

「我覺得自己應該有問這個問題的權利才對。拜託，告訴我吧，我們大概有好一陣子不能見面了。」

不能見面……

就如歌曲與歌詞，有些東西必須要由兩個部分才能組成一件東西。

人與人的相逢與別離，或許也有相似之處。

我的人生當中有一段時期，只要想到或提起綾音的事，就感到傷痕累累。

不過現在我可以把它當成過去的事，以平常心去回憶了。

在記憶當中，任何事都只有一瞬間就過去了。

我面對自己，認命地開口說：

「我遇到綾音之後，兩人第一次交談是在──」

我就像綾音唱歌時那樣閉上眼睛，試圖想起當時的情景。

見面的那一天、一起說笑的日子、忍住淚水道別的那一天……

我回想著與綾音在一起，再也喚不回的那些日子……

第一章 鐵娘子

1

「水嶋，你在寫詩嗎？」

我第一次和被班上同學稱為「鐵娘子」的綾音交談，是在暑假剛結束的某天午休時間。

那是在我們高二第二學期的時候。當時我還沒有以名字稱呼綾音，而是以姓氏稱呼。

我前往教職員室提交文藝比賽用的作品時，她剛好因為某個理由，被教務主任藤田老師找去談話。

藤田老師是兼任國文和古文授課的年邁老師，也是處理文藝比賽相關事務的負責人。我正想著要不要把時間錯開，就被藤田老師發現，老師笑瞇瞇地招手要我過去。

老師很照顧我，也會替我修改詩作。

我無法拒絕，但等於是打斷了她和老師的對話。

「喔，你終於完成了。我很期待這首詩會變成什麼樣子。讓我讀讀看吧！」

我不僅打斷了他們的談話，還害得綾音要在原地等一陣子。

藤田老師為了確認，開始朗讀我的詩。

教職員室的冷氣雖然很強，但我的體溫卻因為害羞與緊張，彷彿一下子上升了。我想阻止老師，老師卻說「別在意」，完全不理會我的抗議。

我偷偷窺視綾音的側臉，只見她似乎不耐地閉上眼睛。

在我眼中，遠坂綾音是個總是顯露不悅的美麗生物。

她擁有一頭光亮的黑色長髮、細細的手臂和細細的腿。

以女生來說，綾音的身高很高，臉蛋小到不可思議的地步。她的眼神散發出堅強的意志，姣好的五官引人注目。

以高二來說，她具有很成熟的氣質，班上的同學都很畏懼她。

據說她從一年級時就是這樣。

她在教室裡總是毫不在意地獨處，無論什麼時候都單獨行動。

她並不是遭到排擠，也不是因為無法融入班上而只能自己一個人。

她是主動選擇獨處的。

班上也有人想跟擁有突出美貌的她交朋友或交往，把她當作時尚配件般放在身邊。

不過她跟那些人也不打算好好相處。

「可以不要煩我嗎？」

當有人向她搭訕，她便這麼說。

「不要煩我。如果你們不高興，想霸凌我也沒關係，不過這樣我和你們都會惹上麻煩，所以還是別煩我吧！」

由於她說得相當直接，因此沒有任何同學能夠繼續跟她對話。

就這樣，她一直維持孤立的狀態。

而此刻的我，竟然面臨在遠坂綾音面前，自己的詩作被朗讀出來的最慘狀況。

我把自己在寫詩這件事當成祕密。之前就跟藤田老師說過，我不想被別人知道自己在寫詩，但我不確定老師是否確實理解我的意思。

我自己也覺得這是很陰沉的興趣，可是對我來說，這很重要。

寫詩讓我有喘息的空間。

它讓我暫時忘記必須要念的書、家人的事，或是未來的事。

我們家和一般家庭有些不同，只有年紀大我七十多歲的祖父母跟我三人共同生活。我從小學一年級時就處在這樣的環境，雙親則因為一場意外而過世了。

我和祖父母的關係絕對稱不上差。

不過因為年齡差距太大，彼此都有些顧慮，不確定該如何和對方相處。我們並不會像一般家庭那樣隨口拌嘴或吵架，但我也必須獨自承受並解決青春期的所有問題。

在這樣的青春期當中，我自然而然地迷上了詩。

短短的文字，卻能夠表達出相當複雜的煩惱。不僅如此，也能歌詠美麗的風景，一瞬間就把讀者帶到遠方。

這樣的感覺衝擊了我，或許也可以說是感動了我。

國中時，我幾乎讀完鎮上圖書館的所有詩集，即使如此仍不滿足，於是自己也開始寫詩。到了高二的現在，寫詩已經成為我的習慣了。

不過要是被同學知道，很難想像會受到什麼樣的嘲笑。

「嗯，寫得滿好的。看樣子，今年的比賽也很值得期待。」

比賽用的詩作就這樣順利獲得藤田老師採用。

我離開教職員室之後，在門口附近焦急不已。

遠坂在班上完全孤立，因此我很難想像她會在班上到處宣揚這件事。

就在我考慮著是否仍舊應該叮嚀她別說出去時，她從教職員室走出來了。
「那個……」
「幹嘛？」
當我鼓起勇氣對她開口，她將那張端正到甚至讓人感覺銳利的臉孔轉向我。
明明是我自己叫住她的，但我卻不禁感到畏縮。
「水嶋，你在寫詩嗎？」
遠坂就是在這個時候問我這句話。
「唔……對，關於這件事……」
「你不想被別人知道嗎？你不是還參加了比賽嗎？」
「我希望妳不要告訴班上的同學。」
「我又沒有可以說出去的對象。」
遠坂冷冷地說完，甩動長髮轉身，準備從我眼前離去。
「啊，不過……」
她停下腳步轉回來，似乎想要說些什麼。
我以詢問的眼神看著她，她便說「沒事」，這回真的走了。

我不知道她想要說什麼，不過對於號稱「鐵娘子」的遠坂來說，跟我之間的事大概根本不值一提吧？

鐵娘子——這個稱呼似乎從一年級時就成為遠坂的綽號。這是在社會課學到的單字，據說是對英國第一位女性首相的稱呼。

意志堅強、頑固的女人——遠坂綾音。

遠坂是屬於「受到上天寵愛」的那一種人，光是看到她的容貌就讓人了然於心。

而我則是「不受上天寵愛」的人，很難像她那樣孤傲地生活。我只能扮演模範生的角色，在意著人際關係，過著拘謹而低調的生活。

午休時間結束，第五節課開始了。

我忽然感到在意，望向窗邊的座位，遠坂不在座位上。她先前看起來並沒有不舒服的樣子，所以想必是蹺課吧？

這也是我做不到的事。為了某個目的，我必須保持品行端正的態度、不能惹麻煩、必須認真上課、得到好成績。

這樣的學生生活平凡無奇而無趣，不過正是我自己想要的。

當我想著這些事時，教室前方的門突然打開了。

是遠坂。所有人都盯著她。遠坂以明確的聲音對老師說：「我剛剛不太舒服，所以去休息了。」

老師對她說「不要太勉強」，遠坂便回到自己的座位。

這時她稍微繞路，經過我的桌子，將某樣東西丟到我桌上。

我感到詫異，檢視那樣東西，發現是揉成一團的紙。

除了我之外，似乎沒有其他人注意到，因此我沒想太多就展開那張紙，看到上面以潦草的字跡寫著看似通訊應用程式ＩＤ的文字。

眼前的狀況讓人無法理解，我望向已經回到自己座位的遠坂。

她察覺到我的視線，轉頭看我，一雙細長的眼睛似乎在請求什麼。

我偷偷拿出手機，打開通訊應用程式，把寫在紙上的ＩＤ加入為好友。畫面上顯示遠坂綾音的帳號。

片刻，那個帳號傳了一個音訊檔案給我。

我再度望向她，這回她指著耳朵向我示意。

什麼意思？她是要我聽這個音檔嗎？

我感到不解，不過還是裝作托腮的樣子遮住右耳，偷偷戴上耳機。

我播放音檔。

甜美的聲音傳入我的耳中，遠坂不知為何在清唱。

我不禁瞪大眼睛，一方面是為了美妙的歌聲感到驚訝，更重要的是……

她唱的是剛剛在教職員室被朗讀的我的詩。

不會錯，這首詩是在表達「專注凝視、豎耳傾聽，就會發現無處沒有詩歌」的詩情。

我茫然地望著坐在窗邊的遠坂側臉。

九月的天空很藍，太陽彷彿永無極限，豪爽地持續拋灑陽光。

這就是我和她的起始之日。

2

有一種東西叫做全國高中文藝比賽。

除了我之外，班上恐怕沒有人知道。搞不好在全校當中，知道詳情的學生也只有我一個吧？

這是以高中生為對象、由財團法人主辦的比賽，徵求小說、詩、短歌、散文等以文字表達的文藝作品，每年舉辦一次，選出優秀作品。

我從高一時就參加這項比賽的詩歌部門。

之所以要參加比賽，是為了自己畢業之後的出路。我老早就決定，高中畢業後不繼續升學，要在本地的鎮公所工作──這也是我選擇進入這間學校的理由。

這所公立高中冠有本地的名稱，排名雖然不高，不過在本地鎮公所考試方面相當強，因此國中導師推薦我念這所學校。

如果要上大學會很花錢，也無法及早報答祖父母的養育之恩。

順利進入高中之後，我的志願依舊沒有改變。

不過因為我常常必須幫忙年邁的祖父母採買之類的事務，不能太晚回家，只好放棄參加社團，而這一點會影響我進入鎮公所的機會。

於是高中導師建議我參加文藝比賽。

即使沒有入選，只要持續參與就會具有意義。導師告訴我，只要連續三年參加這項比賽，在公務員考試的面試時，就能當作代替社團活動的自我推薦項目。

那位導師才三十出頭，年輕很輕，卻很替學生著想。

我從一年級春天左右，就開始創作參加比賽用的作品。

一年級參加的結果，很幸運地獲得入選，不過那只是偶然的結果，並不是自己的實力。話說回來，透過參加比賽，我也得到意外的收穫。

那就是和教務主任藤田老師變得很親近。

藤田老師過去在已廢社的文藝社擔任顧問，對我參加比賽一事似乎很嘉許，開始會在私底下跟我聊天。

老師曾送我詩集，也替我修改詩作。

比賽的報名時期是每年八月下旬到九月上旬，和暑假期間重疊。

老師鼓勵我，二年級要得到比入選更高等級的優良獎或優秀獎，今年暑假還特別在文藝社的社辦與我一起投入詩作，真是一位熱心的老師。

不過他似乎太過熱心了一點，我沒想到他竟然會在教職員室朗讀完成的原稿。

更沒想到會被遠坂聽到……

放學前的班會結束，遠坂照例匆匆離開教室。

在她丟給我紙條之後，我傳了簡訊給她，但雖然顯示已讀，她卻一直沒有回覆。

我一邊斜眼看她離開，一邊參與同學之間的聊天。

不久之後，我聽見手機響起收到訊息的通知鈴聲。

《到舊社辦大樓。》

寄件者顯示為遠坂綾音，我因為感到詫異而停止動作。

舊社辦大樓……？她為什麼要指定那種地方？只是偶然嗎？

我懷著疑問，不過還是結束聊天，走出教室。

我匆匆前往校舍出入口的鞋櫃，換上鞋子，朝著和校門不同的方向前進。

目的地是位於校園角落、已未使用的文化類社團社辦大樓。

那裡似乎曾經相當熱鬧，但現在卻完全看不出當年的繁華。由於入學者年年減少，文化類的社團幾乎都已經廢社了。

再加上校舍設備逐漸變得老舊，僅存的社團也遷移到別棟大樓的空教室活動。

在這棟老舊的社辦大樓二樓，有一間很久以前就廢社的文藝社社辦。由於藤田老師曾經擔任過該社團的顧問，便破例把社辦的鑰匙交給我。

社辦裡有許多學校圖書館也沒有的珍貴書籍，因此我偶爾會到這裡寫比賽用的詩或看書。

當這棟舊社辦大樓進入我的視野，我立刻看到遠坂在二樓的外廊。

我加快腳步，壓抑急切的心情爬上階梯。

遠坂把背靠在文藝社的門上，我和她對上眼。

「那個……」

我有太多問題想問，包括第五節課時寄給我的音檔，和指定舊社辦大樓的理由。

我一時說不出話來，眼神冷冽的她便開口說：

「要不要先進去？」

我對她的提議點頭，從口袋拿出鑰匙，打開社辦的門。

「哦，原來裡面是這個樣子。」

她好奇地環顧室內。

小小的房間中央擺了四張校桌椅。左右兩邊是高達天花板的書架，上面陳列著從前文藝社舊社員和藤田老師收集的書籍。

遠坂很自然地拉一張椅子坐下。

我雖然有些猶豫，不過還是坐在她斜對面的座位上。

「不要那麼緊張，我只是有一點事想拜託你。」

「拜託我？」

擁有冰之美貌的她和「拜託」這個詞格格不入，讓我感到有些困惑。

不過我被她掌握了小小的弱點，那就是我在寫詩，還投稿參加比賽……雖然不知道她有什麼事要拜託我，不過我無疑處於相對不利的立場。

而她剛剛把我寫的詩當成歌曲來唱。

那到底是什麼意思？

「我每個月第二和第四個星期五，都會在叔叔開的餐廳唱歌。」

她把長髮勾到單側耳朵後方，唐突地說出莫名其妙的話。

「唱歌……什麼意思？像是組樂團之類的嗎？」

「嗯。我從國中就和叔叔的朋友組樂團，原本一直都在唱翻唱歌曲，不過暑假的時候，樂團的人要我寫原創歌曲。」

在教室幾乎從不開口的遠坂，此刻卻面對著我說話。

光是這一點就已經讓我不敢置信，但她說的內容更超出我的想像。

由於她的外表出眾，不論什麼樣的姿態應該都會很適合。

不過我唯獨無法想像她拿著麥克風唱歌的模樣。

「你的表情好像很意外。」

我的感想似乎流露在臉上，因此被她如此指摘。

「呃，沒這回事……」

「你不用說謊。畢竟我是這副德性，你會感到意外也很正常。不過我說的都是真的。」

遠坂似乎很明白自己的形象。

她給人超然的印象，不像是會組樂團唱歌的人。

在我產生這樣的感想時，遠坂把對話拉回正題。

「至於我在創作的那首原創歌曲，我已經完成作曲的部分，可是作詞方面卻完全沒有進展，所以正感到苦惱。就在這個時候，我在教職員室聽到你寫的詩，感到滿驚訝的——或者應該說是受到衝擊，我真心覺得很厲害。」

「衝擊？」

當時遠坂給我的印象，和這兩個字完全搭不上邊。

她當時明明閉上眼睛，好像在忍受難熬的時間一樣。

我不禁問：「遠坂，妳當時不是閉上眼睛，一副很受不了的樣子嗎？好像很希望趕快結束一樣。」

「哦，那只是我的習慣。因為視覺會造成妨礙，所以在我想集中精神的時候，就會閉上眼睛。」遠坂很乾脆地否定。「然後我就趁還記得內容的時候編成歌……你應該聽過了吧？」

遠坂詢問的口氣好像在打探般，我點頭表示聽過。聽到自己的詩變成歌曲的感覺很奇妙，我原本以為是某種惡作劇，但如果是惡作劇，未免太花工夫了一點。

更何況對方是應該很討厭惡作劇或玩笑的「鐵娘子」遠坂。

但是這樣的她說她組了樂團，準備創作原創歌曲……

各項要素逐漸連結起來，但還有很多不明朗的地方。

遠坂說的「拜託」和製作那首原創歌曲之間，有什麼樣的關係？

我鼓起勇氣問她：「我知道妳對我寫的詩有興趣了。不過妳說的『拜託』，是指……」

這時遠坂看著我，有些靦腆地露出微笑，這是我第一次看到她的笑容。

她的笑容顯得無比優雅。

「水嶋，我希望可以跟你一起寫歌。我來作曲，你來作詞。」

3

詩與詞在日文中的讀音雖然相同，給人的印象卻如同陰與陽般截然不同。

而此刻，「鐵娘子」遠坂卻要求我創作歌詞。

我無法理解目前的狀況，腦中一片混亂。

「就算會寫詩，也不見得會寫歌詞。而且我從來沒有寫過歌詞。」

我面帶疑惑地這麼說，她卻不以為意地回應：

「你一定沒問題。老師常常拿你來做對比，可見你的頭腦一定很好。你每個星期都會到這間社辦好幾次來寫詩吧？對不對？」

「我的頭腦沒有特別好……話說回來，妳為什麼會指定這個地點，還有為什麼知道我在使用這間社辦？」

「因為我看到了。」

「看到了？妳從哪裡看到的？」

「從頂樓。」

根據她的說法，她是在蹺課跑到頂樓待到午休或放學時，看到我進入這間社辦。

我萬萬沒有想到會被遠坂看到。

「呃，那麼……如果我拒絕幫妳作詞，我會……」

「別誤會。我並不打算把這間社辦或是你寫詩的事說出去。每個人都有不希望被別人知道的祕密，不是嗎？」

看來她滿懂事的。不過即使如此，我還是擔心會不會有什麼陷阱。

「我幾乎沒有和同學說過話，所以如果你覺得我太強勢，那就抱歉了。你不需要立刻回答，可以想想看嗎？」

遠坂似乎說完她想說的了。我雖然感到猶豫，不過還是對最後的提議點頭。

「啊，對了，這個給你，有時間可以聽聽看。」

遠坂說完，用通訊應用程式傳送據她說是用吉他作曲的音檔給我。

我再度感到驚愕。遠坂不僅會唱歌，難道還真的會作曲嗎？

「明天放學後，可以再到社辦跟你談嗎？」

「呃……好、好啊。」

「那就明天見。」

遠坂跟我約定之後便離開社辦，我呆呆地目送她的背影。

直到此刻，我仍不敢相信遠坂要我替她作詞。

我想稍微冷靜一下，便打開窗戶，讓新鮮空氣進來。

站在窗邊，我深呼吸之後眺望外面。學校周圍並沒有特別醒目的東西，映入眼簾的只有天空、山巒、樹木和田地，還有無人的道路和電線桿。

這裡是平淡無奇的鄉下小鎮，沒什麼觀光景點，唯一的經濟支柱就是製造業。

在這樣的鄉下小鎮成為公務員，平凡地生活，平凡地死去。

一直陪伴在養育我的祖父母身邊，照顧他們並替他們送終。

我的人生在高二時，就已經決定大致的樣貌。

並沒有人強迫我接受，是我自己選擇並且由衷想走的路。

不同於大學入學考，高中畢業生的公務員考試是在夏天接近尾聲時進行筆試。

距離現在剛好剩下一年。在完成比賽投稿的此刻，我必須切換心情來準備考試。

但是……

——水嶋，我希望可以跟你一起寫歌。我來作曲，你來作詞。

想到遠坂說的話，我便打開手機的通訊應用程式。

我播放她剛剛傳給我的音訊檔案。

我感覺到好像有一陣風拂過我的心中。

原本只有翻紙張及鉛筆寫字聲的社辦裡，響起了吉他的溫柔音色。

直到次日放學後，我仍舊在猶豫，不知道該不該答應遠坂的請求。

遠坂在教室裡完全沒有看我一眼，放學後就立刻獨自一人走出教室。

她或許是先到社辦了吧……不過鑰匙在我這裡。我不想讓她等太久，雖然還沒下定決心，但也同樣地走出教室。

我換上鞋子，前往舊社辦大樓。

這所高中因為是鄉下的學校，校園面積格外遼闊，大概有很多學生甚至不知道校園角落有這棟舊社辦大樓吧。

然而當我走到可以看見舊社辦大樓的地方，卻聽到有幾個女生在爭執的聲音。

哇，怎麼搞的……有人在吵架嗎？

在舊社辦大樓附近的樹蔭，有三名女學生圍堵著遠坂在質問她。從領巾的顏色來看，那三人應該是高三學生。這一帶很少看到人，因此她們大概是尾隨遠坂來的。她們正在爭執。正確地說，是遠坂單方面地被對方責難。

「妳說妳沒看是什麼意思？妳腦筋有問題嗎？」

我反射性地躲起來。從對話內容推測，好像是有個高三男生寫信給遠坂，但遠坂卻連看都沒有看，於是跟那個男生很要好的女生來質問遠坂理由。怎麼說呢……真是青春啊。

我心想，她既然是鐵娘子，應該可以自己解決，不過我也不能一直躲在這裡，因此還是上前伸出援手。

「遠坂，原來妳在這裡。藤田老師在找妳。」

我開口呼喚遠坂，正在詰問她的女生便兇狠地轉向我。

「你是什麼意思？我們現在正在跟她說話。」

我不習慣與人爭鬥，雖然裝作若無其事的樣子，不過其實相當緊張。

「呃，我是遠坂的同班同學。教務主任藤田老師要我找遠坂過去。請問妳們有什麼事找她嗎？要不要我去叫老師過來？」

三名學姊聽我這麼說，彼此互瞄一眼，顯露出嫌麻煩的表情。其中一人說：「反正我們已經談完了，就讓她走吧。」正在質問遠坂的女生嘆了一口氣。

最後，那個女生瞪了遠坂一眼，帶著其他兩人離開了。

現場剩下我和遠坂兩人。我自知管了不必要的閒事。

真是一場災難。

我原本想要這樣對她說，卻發覺到她的手正在發抖。

我感到相當意外。沒想到身為鐵娘子的遠坂竟然也會發抖。

遠坂似乎察覺到我的視線，把手藏到背後，尷尬地低下頭。

「……我們先進社辦吧。」

我開口邀她，她便默默地跟著我走進社辦。

我們各自坐在跟昨天相同的座位，不過此刻的氣氛似乎不太適合提起作詞的話題。

「抱歉，也許妳會覺得很囉唆……」

我鼓起勇氣開口，遠坂抬起她那張標緻的臉。

「不過我覺得，妳至少可以讀一下人家寫的信。也許妳很習慣遇到這種事，不過這年頭還特地寫信，應該算是很難得的。」

我原本擅自認定她個性很強勢，不過她畢竟也是女生，應該不會想跟人吵架吧？

然而遠坂似乎真心覺得我很囉唆，皺起了眉頭。

可以不要來煩我嗎？

我原本以為她會用這句話打斷對話。事實上，她過去對其他人都是這麼說的。

然而一反我的預期，遠坂有些不甘地低聲說：

「……就算你救了我，也不要說得那麼簡單。」

我因為她出乎意料的反應感到驚訝。話說回來，「不要說得那麼簡單」是什麼意思？

「呃……妳該不會是有男朋友吧？所以才不方便讀那種信？」

「我才沒有男朋友。」

「那為什麼不至少讀一下人家寫的信呢？應該沒那麼難吧？」

遠坂一時語塞，用她那雙細長的眼睛瞪我。我覺得她好像在告訴我，這個話題結束了。

「別討論這種事了。你有沒有考慮幫我作詞的事？」

她有些生氣地切換話題，這回輪到我一時語塞。

「抱歉，我還有些猶豫。」

「嗯，畢竟才過一天的時間，也不能催你。不過我還是帶了這個來給你。」

遠坂從自己的書包拿出某樣東西遞給我。看上去好像是作詞的教本。

「我希望你能對作詞稍微產生興趣。」

雖然她是為了完成原創歌曲的個人目的才替我準備，不過她特地替我帶這本書過來，還是讓我感到很高興。

「原來還有這樣的書，謝謝妳，我會立刻讀完還給妳。」

「你不用還我。那本書給你。」

「這樣不好吧。對了，妳今天還有時間嗎？我可以在這裡讀這本書，有問題就可以問妳。」

「時間是沒問題……不過我也沒把那本書讀完。就算問問題，我也回答不出來。」

雖然有些尷尬，不過接下來我們就在社辦各自做自己的事。我把她借給我的書從第一頁開始讀起，她則戴上耳機開始滑手機。

這種感覺有種難以言喻的奇妙。

我竟然跟遠坂在書本環繞的這間社辦共度時光。

社辦裡逐漸形成悠閒舒適的氣氛，很難想像不久前還在外面被學姊用銳利的眼神瞪著，或是剛剛跟遠坂為了讀信的事起了小小的爭執。

九月溫暖的風，從稍微打開的窗戶外面吹了進來。

我放下作詞教本，忍不住脫口而出：

「像這樣……感覺滿像社團的。」

「啊？」遠坂摘下耳機問我。

「這裡原本是文藝社的社辦，如果沒有廢社的話，也許就像這種感覺吧？我有點憧憬放學後像這樣跟同學聚在一起。」

對遠坂說這種話，也許稍嫌太親暱了一點。

不過她似乎沒有特別在意，環顧周圍對我說：

「嗯，在這裡還滿舒服的。只差沒有ＷｉＦｉ、吉他跟點心。」

「……原來妳也會說ＷｉＦｉ跟點心這種話。」

「當然會呀，你以為我是什麼樣的人？」

「呃……鐵娘子？」

我不禁說溜嘴。原本以為她會狠狠瞪我，不過她卻很自然地接著說：

「喔，原來你也知道這個綽號。」

「嗯。妳不生氣嗎？」

「沒什麼好生氣的。名稱雖然有點那個，不過正合我的意。」

「正合妳的意？什麼意思？」

「……禁止當愛問問題的歐吉桑。」

「歐吉桑……」

「你如果繼續追問，就要罰錢喔！」

聽她這麼說，我只好乖乖閱讀教本，直到傍晚都和遠坂兩人一起度過。

我跟遠坂說「該走了」，然後鎖上社辦的門。雖然不習慣做這種事，不過我還是跟她一起走到校門。

道別時，搭電車上下學的遠坂猶豫了一下，然後對我說：

「……今天謝謝你救了我，明天社辦見。」

我跟昨天一樣，呆呆地目送她的背影。

雖然態度有些粗暴，不過她竟然對我道謝，讓我感到很驚訝。

……也許遠坂比我想像的更像個普通女孩。

我想起她被學姊詰問時發抖的模樣。

話說回來，我只是短暫地跟她相處就去想像這種事，不免覺得自己有點噁心。

前往腳踏車停車場，我拉出自己的腳踏車，獨自踏上歸路。

途中，停在農會經營的超市，購買晚餐用的食材和日用品。

回到家之後，我和祖母共同迅速製作日式料理，吃完晚餐、洗完澡、做完功課之後，我便開始讀公務員考試用的書。念完書的時候，已經晚上十點半了。

我想在睡覺之前寫一點詩，但注意力卻被書包吸引。

我決定拿出向遠坂借的教本，繼續閱讀。

到了次日，我一如往常前往學校上課，但整個上午我都昏昏欲睡。

昨天我在睡前開始繼續閱讀教本，讀完時已經過了十二點。

如果我在那時上床睡覺就好了，但我又不禁著手作詞。

作詞和寫詩有許多共通點，因此讓我產生興趣。我依照教本中的例題完成兩首歌的歌詞時，已經過了半夜兩點。

放學後，要不要拿試作的歌詞給遠坂看呢？

我思索著這個念頭，在上課中望向遠坂。

放學後，遠坂再度最早離開教室。

由於昨天有學姊來找她麻煩，為此我也打算盡快趕到社辦。

不過我卻看到遠坂在剛出校舍的地方被一名男生攔住。

那個男生大概是三年級，身材很高，出眾的外貌和遠坂在一起也不遜色。

俊男美女站在一起的景象，吸引許多學生注目。

或許是在意眾人的目光，遠坂和那個男生走到別的地方去了。

那個男生搞不好就是寫信給遠坂的人……

我雖然擔心會不會再度起爭執，不過既然是當事人，應該沒問題吧？

我先自行前往舊社辦大樓。

當我重新檢視寫在本子上的歌詞時，遠坂來到社辦，問我：

「你剛剛在校舍出口附近看到我了吧？」

我原本想要裝傻，但遠坂卻搶先一步說：

「即使你裝傻也沒用，我看得很清楚。」

「……那就是昨天提到寫信給妳的人嗎？」

「對。我沒想到他會在那裡等我出來，不過我很明確地拒絕他了。」

「喔……這樣啊。」

遠坂邊說話邊坐到座位上。

這時我忽然想起來，從書包裡拿出作詞教本。

「這個謝謝妳。我讀完了，所以還給妳。」

「你已經讀完了？好快。」

「這本書滿有趣的。還有……我也試著寫了歌詞。」

遠坂露出在教室裡從來沒有顯露過的表情，她挑起眉毛表示驚訝。

「你已經寫好歌詞了？」

「只是試試看而已。而且是依照教本例題，所以不是搭配妳之前給的曲子寫的正式歌詞。」

我翻開寫了歌詞的筆記本遞給遠坂，她的身體顯得有些緊繃。

無處可去的筆記本空虛地靜止在半空中。

「對不起，你可不可以用簡訊傳歌詞給我？」

「好啊，不過……為什麼？」

我不禁看了一下遞出去的筆記本。我的字應該寫得很工整，不至於看不懂才對。

「歌詞用看的跟用聽的感覺會差很多，我想使用應用程式的朗讀功能來確認。」

既然她這麼說，我也只好聽從。我依照遠坂的提議，把歌詞打成簡訊之後傳給她。

遠坂戴上耳機聆聽。

「真厲害……沒想到會有『如果世界是雨聲』這樣的文字組合。」

一開始雖然碰到釘子，不過看她此刻興致盎然地讀我的歌詞，我就安心了。

我趁遠坂在聽第一首歌詞的時間，打了另一首歌詞傳給她。

遠坂對於這一首歌詞也似乎很佩服地聽著。或許是因為太專注，她變得十分沉默。

然而過了片刻，我卻聽到沙沙的聲音。她正從保冷袋裡拿出某樣東西。

我看到巧克力點心的包裝。

這時我體認到，遠坂果然還是女生。她為了不讓巧克力融化，特地用保冷袋帶到學校。

遠坂把棒狀的點心咬在嘴裡開始吃。

「水嶋，關於第一首歌詞的表達方式──」

「遠坂，妳真的帶點心來了。」

「嗯？不行嗎？」

「我沒有說不行。不過這棟社辦大樓因為滿舊的，所以會有那個出來。」

「出來……你是指有鬼嗎？我不信那種東西，所以沒關係。」

「我不是指那個。有時會出現滿大隻的，實際看到會覺得……啊！」

就在我們談論這個話題的時候，我看到有東西在遠坂背後的書架上動了一下。

遠坂似乎發覺到我注視著後方，狐疑地轉頭。

對於冷竣的鐵娘子遠坂來說，野生的老鼠或許沒什麼大不了的。說來可恥，我第一次看到的時候，因為超乎想像地巨大，十分驚慌失措。

不過這時發生了與我預期相反的事。

幾乎刺破耳膜的尖叫聲迴盪在社辦中，發出尖叫的竟然是遠坂。

遠坂幾乎陷入狂亂狀態，慌慌張張地跑到我旁邊，細細的手指抓住我的肩膀，試圖與書架上烏黑的老鼠保持距離。

「哇！討、討厭！水嶋，快把那個趕走！」

我看到遠坂出乎意料地慌張，雖然感到驚訝，不過還是點頭。

「果然出來了，妳等等，我現在就把牠趕出去。」

「快點！快點！」

這裡的老鼠似乎膽大包天，過去也曾受到食物的氣味吸引而跑出來。

我打開社辦的門，從放置打掃用具的櫥櫃拿出掃帚，謹慎地把老鼠引導到外面。原本感覺滿順利的，但那傢伙突然朝著我跑來。

「哇！討厭討厭討厭！來了，來了！」

遠坂慌亂地大叫。我在千鈞一髮之際，用掃帚改變那傢伙的前進方向，把牠趕到外面。

成功把老鼠趕出去之後，我總算鬆了一口氣，把掃帚收回櫥櫃。

另一方面，即使在老鼠從視野消失後，遠坂似乎仍無法安心，臉部表情顯得很僵硬。

包括剛剛的反應在內，我從來沒有看過這樣的遠坂。

昨天想到的念頭再度閃過我的腦海。

遠坂或許比我們想像的更像個普通女孩。

昨天的對話裡，也有讓我感到在意的一段，似乎能夠佐證這個想法。

——呃……鐵娘子？

——哦，原來你也知道這個綽號。

在那之後，遠坂確實說過這樣的稱呼正合她的意。

也許，此刻的遠坂才是她的真實姿態，平常的她則是在隱藏自己的真面貌。

「喂，遠坂。」

「幹嘛？我現在不太想跟人說話。」

「妳該不會是故意裝成冷淡的個性吧？」

聽到這句話，遠坂瞪大眼睛。她彷彿要掩飾剛剛的自己一般，用銳利的目光瞪我。

「我不是說過，你再追問就要罰錢嗎？」

「嗯，妳好像說過。」

她雖然裝出兇狠的表情瞪我，但在現在的我看來，感覺好像只是在掩飾而已。

「因為你寫了歌詞，所以這次特別原諒你，不過沒有下次了。」

「妳為什麼要隱藏真正的自己？」

「水嶋，你有在聽我說話嗎？我要生氣囉。」

「我開始覺得，跟妳一起寫歌或許也滿有趣的。所以……雖然這樣說有點不好意思，不過我想多了解妳。」

遠坂似乎沒有預期到我會說出這樣的話，表情顯得有些驚愕。

「原來你認真考慮過作詞的事。」

「那當然，否則我就不會為了作詞而睡眠不足了。」

我老實回答，遠坂便沉默不語。她似乎陷入沉思，停頓了好一陣子。

我要做的事其實很多，既要準備公務員考試，也必須做家事。不過我也開始對和遠坂一起寫歌產生興趣。

兩人都沉默了一陣子之後，遠坂像是嘆息般吁了一口氣。

「既然要跟人相處，很多事情大概還是沒辦法一直隱藏下去吧。」

這段發言幾乎等於是承認了我的問題。

「遠坂，妳果然在隱藏嗎？」

我如此詢問，遠坂便以不滿的表情瞪我，說：

「我得趁這個機會說清楚，這裡一定要想辦法處理蟲子和老鼠的問題才行。雖然表面上看起來還算乾淨，可是有老鼠出現實在太誇張了。」

「喔，我知道了……對了，遠坂，沒想到妳說話還滿直接的。」

「你自己還不是一樣，昨天還突然要我看人家寫的信！」

遠坂的口氣突然改變，讓我感到驚訝，同時也感到親切。

遠坂追究我昨天的發言，於是我也跟遠坂一樣，用輕鬆的口吻說：

「因為那場騷動的起因，就是那封信吧？話說回來，那位三年級學長真的很帥，妳拒絕他不會感到可惜嗎？」

「容貌只是上天賜予的吧？就好像拿中獎的獎券給我看一樣。」

遠坂撥著頭髮，索然無趣地回應。

「可是才能也一樣，任何東西應該都是上天賜予的吧？」

「即使有天分，也要努力琢磨，否則就沒有意義了。像這種地方就會表現出一個人的個性。」

「那……妳的歌也是經過努力琢磨的嗎？」

「嗯，別看我這樣，我也是有在努力的。像是發聲練習，還有跑步鍛鍊身體。我還練出好幾塊腹肌，你要不要看？」

遠坂準備把制服掀起來，我連忙阻止她：

「我不想看！停！」

「你不是想更了解我嗎？」

「我不是這個意思——等等，妳剛剛根本就是在捉弄我吧？」

「被你發現了？」

遠坂說完之後笑了，這樣的她果然一點都不像鐵娘子。

開始展露自己本性的遠坂重新注視我，對我說：

「關於我為什麼要隱藏真正的自己這個問題，是因為以我的情況來說，跟班上同學深入來往不會有什麼好下場。所以我才要孤立自己。」

這是……什麼意思呢？

不過如果這是她的真心話，那麼現在的狀況對她來說，應該也不是理想的狀態。

「這麼說，妳最好也不要跟我深入來往嗎？」

「沒錯。」

她回答得相當明確，讓我感到有些寂寞。遠坂注視著如此反應的我，又說：

「不過如果要一起創作的話，好像也不能避免深入交流。我今天體認到，這樣的想法未免太自我中心了。」

「……也許吧。不過至少我不會把妳刻意跟別人保持距離的事說出去。畢竟妳也幫我隱瞞了我寫詩的事。」

「我並不擔心這一點，只是……」

遠坂再度閉上嘴巴。我因為感到在意，便開口問道：

「妳該不會還有其他祕密吧？」

「你為什麼這麼想？」

「像是昨天提到的那封信，或是剛剛寫了歌詞的筆記本……也許妳只是有潔癖而已，不過總覺得不太尋常。」

「不太尋常……」

遠坂迴避我的視線，沉默不語。不知為什麼，她看起來好像有點受傷。

我在過去的人生當中，其實也不曾和其他人特別深入往來。

不過看到她這樣的表情，我也不能置之不理。

「那個……如果妳不介意的話，就跟我說吧。我們今後要一起寫歌，不就跟社團夥伴一樣嗎？雖然說，寫歌也許就只有這麼一次而已。」

聽到我這麼說，遠坂抬起頭看我，她很明顯地在猶豫。

「我在國中時也沒參加社團活動，所以即使你跟我說『社團夥伴』，我也不了解。」

「那我就是妳第一個社團夥伴了。」

我若無其事地這麼回應，遠坂便低頭沉思。

過了一陣子，她似乎下定決心，抬起頭說：

「那麼，不管我有什麼樣的祕密，你都會繼續當我的社團夥伴嗎？」

「嗯。」

「真的？」

「真的。」

「你不會背叛我？」

「我保證不會。」

「我知道了。那……我就說吧，也許你之前一直覺得不對勁。」

接下來遠坂告訴我的，是我完全沒有想到的情況。

不過正因為她說出來，我才能了解先前不懂的事，兩人的關係也能向前邁進。

「我沒有辦法像普通人那樣閱讀文字，天生就是這樣。」

4

我是在這一天，第一次聽到「發展性閱讀障礙」這個詞。
這個症狀是智能上沒有問題、只有在讀寫文字時會有特殊困難的情況。患者無法將文字認知為文字，只能當作單純的形狀來掌握。
也因此，會導致閱讀或寫字方面的困難。
我完全沒想過遠坂會處於這樣的狀態，甚至連這種症狀的存在都不知道。
怪不得她不讀別人寫的信，而且要用朗讀功能來掌握歌詞。
雖然覺得有些失禮，不過我接著針對這個症狀詢問她具體的細節。
譬如是否有治癒的希望，或是學校採取什麼樣的因應措施等等。
「聽說沒辦法根治。不過我不是完全不能閱讀或寫字，所以也有盡力想改善。」
根據遠坂的說法，這種症狀在日本並沒有受到廣泛的認知。她在進入高中之後，雖然也由導師向其他科的老師說明，不過就連那些老師往往也無法理解。
其中似乎也有些老師會說，這只是不夠努力而已。

遠坂因為有這樣的症狀，因此在上課時也無法抄寫黑板上的字，必須用聽的來記憶。考試時，她必須一個字一個字地慢慢了解題目，寫答案時感覺也好像我們在抄寫其他國家的象形文字一樣。

這實在是太辛苦了，我可以了解她想蹺課的心情。

我在自己腦中稍微整理了遠坂的症狀和狀況，重新問她：

「妳在教室裡裝出那樣的個性，是因為不想被其他人知道嗎？」

「嗯，因為這個症狀，我碰過許多不愉快的事。把自己孤立起來的話，別人就會把它當成是我的個性，也沒有人會跟我說話。」

遠坂笑了一下，她的表情顯得有些悲哀。

她寂寞而哀傷的表情讓我感到心痛，不禁問了她過於深入的問題：

「妳不會寂寞嗎？」

「不會，反正我對學校也沒什麼寄望。老實說，我才想問你這個問題。」

「問我？」

「嗯。你表面上好像跟班上同學相處得很融洽，實際上卻冷眼旁觀，感覺並沒有真心信任其他人。我一直都暗自覺得，這個人一定也沒有朋友。」

聽到她毫不留情的評論，我不禁苦笑。沒想到她竟然這樣看我。

雖然不甘心，但她猜得沒錯。我一直覺得自己和其他人「不一樣」。

「也許吧。」

我老實承認，遠坂便稍稍挑起眉毛。

「感覺有點意外。」

「為什麼？」

「我沒想到你會這麼自暴自棄地回答。」

「我並沒有自暴自棄。只是雖然有認識的人和同班同學，但也不算朋友。」

我以自嘲的口吻回應，遠坂反而發出輕鬆的笑聲，對我說：

「不過你現在交到社團夥伴了。放學之後如果很閒的話，以後每天都來聚會吧！」

「嗯，說實在的，我也不是很閒。但是我會盡量過來。」

「咦？你在忙什麼？你不是『回家社』的嗎？」

「高中畢業之後，我打算在鎮公所工作，距離筆試只剩下一年了。」

或許是受到此刻輕鬆自在的氣氛影響，我很自然地說出從來沒有對班上同學說過的畢業後的出路。

「這樣啊，原來你已經在替將來做打算，真了不起。」

「沒什麼，這也不是什麼大不了的志願……遠坂，妳畢業以後要做什麼？」

「我要去工作。像我這樣的症狀，很難去念專科或大學，繼續念書也會花錢。」

雖然是不經意地問起，但我也沒想到會談到這麼深入的話題。

無法順利辨別文字，也意味著個人發展與未來都會受到限制。

對話停頓了片刻，首先打破沉默的是遠坂：

「不過幸好我現在可以唱歌。」

「妳很喜歡唱歌嗎？」

「與其說喜歡，不如說……只有在唱歌的時候，我會覺得這個世界是愛我的。感覺可以暫時逃避未來或過去之類的東西。」

未來和過去——「未來」總是糾纏著身為學生的我們，而「過去」偶爾也會悄悄逼近。

我因為一場意外而失去雙親，有一段時間無依無靠，因此也了解「過去」的辛酸。

對於具有閱讀障礙這種症狀的遠坂來說，「未來」與「過去」大概是她更不想正視的問題吧！

想到這裡，我忽然又覺得她看起來就像個普通女孩。

如果她真的是個普通女孩，或許就可以過著跟現在完全不同的生活。

她沒必要扮演鐵娘子，憑她開朗的個性和出眾的外表，想必會受到大家的喜愛。

一定也能交到很多朋友吧……

我稍稍陷入感傷，說出連安慰都稱不上的話：

「我開始想聽妳唱歌了。」

「那就快點一起來寫歌吧，這樣的話，你就可以聽到不想聽了。」

我不禁去看寫在筆記本上的歌詞。

在寫這些歌詞的時候，我沒想到會和遠坂彼此坦承以對到這個地步。

我一邊感覺到好像有什麼東西即將緩慢地開始，一邊回答：

「……也對，我知道了。」

第二天放學後，我便以社團夥伴的名義，和遠坂在社辦開始寫歌。

「簡單地說，音樂是由和弦和旋律這兩個要素組成的。」

她首先對我說明結構等基礎知識，由於我已經先讀過教本內容，因此很快就能理解。

接著遠坂顯得有些猶豫，不過還是操作手機，播放了音樂。

我聽到甜美而清澈的聲音，這是遠坂的歌聲。

她搭配著之前寄給我的吉他伴奏，唱著啦啦啦的旋律。

「好美。」

「蛤？」

我吐露出心中的感想，在社辦卸下鐵假面的遠坂便發出怪異的叫聲。

「我是指妳的歌聲。」

「我知道，可是你不要突然說出奇怪的話好嗎？」

我重新集中注意力，再度聽她說明作詞。她告訴我，唱「啦啦啦」也是有意義的，要配合啦的字數來寫歌詞。

接著她給我影印好的樂譜。我看到樂譜有些驚訝，上面標記許多獨特記號和顏色區分。閱讀障礙似乎對讀寫樂譜也會造成影響，先前她唱「啦」的部分是以畫圈來表達的。

我沒有深入探究樂譜的狀態，把注意力集中在自己該做的事上面。

雖然依照教本例題做了幾首歌詞，但那些只是我自己練習用的。

要正式作詞，最重要的就是主題。

我詢問遠坂有沒有什麼想唱的主題，她回答「沒有」，接著反過來問我：

「你寫詩的時候，通常都寫什麼樣的主題？」
「像是大自然，或是感動到自己的事，基本上都是些無傷大雅的內容。」
其實我也有寫些與內心深處有關的主題，不過我沒有說出來。
「這樣啊。這麼說來，在教職員室聽到的那首詩，內容也是在用漂亮的語言描述自然風景。不過你竟然能想到那樣的表達方式，你是怎麼想出來的？」
「這是靠所謂的『詩情』。風景當中埋藏著詩，我只是把它們找出來。」
「……『痴情』？——搜尋：痴情的意思。」
遠坂誤會我說的話，使用手機的語音搜尋功能，讓人工語音說明這個單字的意思。
痴情（註一）**是指受到肉體欲望迷惑的心理。**
「遠坂，不要讓手機的語音功能解釋奇怪的單字！而且妳嚴重誤會了。」
我結束關於詩作的話題，開始問她平常跟樂團唱什麼樣的歌。她說他們沒有特別的選擇標準，只是由樂團成員任意選些知名的歌。
遠坂沉思片刻，然後以開朗的表情說：
「啊！對了，就用那首詩吧——就是我在教職員室聽到的那首，就算只是暫用也好。」
「什麼？要用那首？」

老實說，我並不是很想用那首詩，那純粹是為了文藝比賽而寫的作品。

不過我也想早點抓到寫歌詞的訣竅，再加上遠坂強烈的要求，我只好著手嘗試。

我看著樂譜確認字數，一邊回想那首詩的內容，一邊改編為歌詞。

除了改變表達方式與語句順序來調整字數之外，還需要加入主詞等，不過改寫過程比我想像得順利。如此，歌詞的第一段在筆記本上完成了。

我把筆記本拿給遠坂看，讓她了解大概是什麼樣子。她盯著歌詞，然後對我說：

「你用念的會比較快一點。」

「抱歉，我忘記了。呃……但我會覺得不好意思，可以用簡訊傳給妳嗎？」

經過一番折騰，她開始用朗讀功能聆聽我寄給她的歌詞。

「嗯，應該沒問題。」

過了一陣子，她很有信心地點了點頭。

「是嗎？那現在要做什麼？要不要播放音樂唱唱看……」

就在我想要詢問的時候，「那個」發生了。

註一：日文中，痴情與詩情這兩個漢字詞彙的讀音相近，而痴情的意思較接近中文中的色情。

她很自然地開始唱歌。她以清唱的方式，唱起剛完成的部分。

美妙而清澈的歌聲，彷彿把我帶到遠方。

寫在詩中的風景化為歌曲，以完全不同的質感被唱出來。

不久之後，遠坂編織的旋律停止。

「嗯，滿不錯的，唱起來很順口。」

之前在上課的時候，遠坂曾經把唱出這首歌的音檔寄給我，我也聽過了，不過或許因為這次是把詩正式改寫為歌詞再搭配旋律，聽起來迥然不同。

「妳真的很會唱歌，跟之前聽到的感覺很不一樣，讓我嚇了一跳。」

我說出感想，遠坂便以興奮的表情看著我說：

「水嶋，你寫的詩果然很棒。」

她露出潔白的牙齒笑著，這樣的笑容是她在教室裡絕對不會表露出來的。

「老實說，我只注意到妳的歌聲，完全沒有聽進歌詞。」

「我剛好相反，沒有聽見自己的歌聲，只想到歌詞的事。唱這些歌詞讓我感到很愉快，我很驚訝原來有這樣的表達方式，歌詞裡也有意想不到的文字組合。」

這也是我在寫詩時特別講究的地方。

不過我了解自己，並不會高估或低估自己。

我只是因為還算靈巧，做任何事都可以做得還算像樣，但這樣的靈巧雖然能夠學會各種才藝，卻沒有一項能夠精通。

我只是無數平凡人當中的一個，淹沒在云云眾生當中。

不過，光是此刻能讓遠坂露出這般的笑容，就讓我開始覺得自己或許也有些許的價值。

我懷著這樣的想法注視著遠坂，她似乎察覺到我的視線，露出詫異的表情。

5

開始和遠坂一起寫歌之後，我的日常生活就出現改變。

在教室裡，她依舊看也不看我一眼，兩人也不會彼此交談；但放學後，我們就會聚在一起討論歌詞。

遠坂也把她之所以開始寫原創歌曲的詳細原委告訴我。

根據她的說法，她的叔叔在這座鄉下小鎮開了一間餐酒館，每個月第二及第四個星期五，遠坂都會在那裡唱歌。

這樣的嘗試似乎很受好評，對於餐廳的業績也有貢獻。

遠坂從國中時，就和她叔叔的幾個朋友一起組樂團。

樂團原本以翻唱著名歌曲為主，不過今年夏天，樂團成員給了擔任主唱的她一個功課。

那就是要她以原創曲調和歌詞來寫歌。

關於這件事，遠坂如此說明：

「樂團的人都知道我的症狀，也很體貼，不過他們似乎擔心我把唱歌當作是一種逃避方式。大概因為這樣，他們才提議要我去挑戰自己不擅長的事吧？可是我雖然能作曲，作詞方面卻完全不行。我猜是因為我無法輕鬆閱讀，所以表達能力和詞彙能力都嚴重不足。」

我能夠理所當然地將文字認知為文字，也能夠毫無問題地讀書。

雖然難以想像，但如果被我當成理所當然的事，變得不是理所當然……

那麼我一定連寫詩都會有困難吧？

即使在腦中能夠整理到某種程度，大概也很難完成。

甚至，可能根本沒有意願完成。

遠坂在這樣的狀態下能夠進入高中，也算是很難得了。雖然沒有表現出來，但或許她其實是個很努力的人。

不過在努力方面，我也不輸給她。我從以前就不討厭孜孜不懈地做某件事。寫詩也是從零開始，到現在總算進步到還能看的地步。

雖然是因為遠坂的要求而開始寫歌詞，不過既然要做，我也要讓自己寫的歌詞進步到能看的地步。

然而，不可能事事都如願發展。

我們兩人追求的歌詞路線不同，導致意見分歧。

「水嶋，你大概是意識到流行歌曲的寫法，但是我覺得有你自己特色的歌詞比較好。就像你一開始拿自己寫的詩改編的歌詞那樣。」

我從上星期開始作詞，隔了一個假日，到現在已經寫了三首左右的歌詞。

針對這些歌詞，我每天都和遠坂交換意見，卻無法得到彼此都接受的結論。

「可是那首歌詞原本是參加文藝比賽用的，所以感覺有點太文謅謅，或者應該說太艱澀了一點吧？」

「那你可以更認真地把它改寫成歌詞的風格啊！」

我不禁陷入思考。在創作時，「路線」是很重要的。

雖然說要寫出有自己特色的歌詞，但是因為原本的作品是以寫詩的方式思考，因此難以避免會變得太過文謅謅。

如果哪天要發表這首歌，那麼我比較想寫出大家都能理解、聽起來悅耳而易懂的歌詞。

可是我自己的技術還沒有跟上這樣的想法。

當我正在沉思的時候，遠坂開口說：

「啊！這樣好了，你可不可以在週末之前，用兩種方式寫出歌詞？就算不是很完美也沒關係。」

「可以是可以……不過寫出兩首歌詞要做什麼？妳要拿來比較嗎？」

我不知為何產生朦朧的不祥預感，但遠坂只是對我咧嘴笑，沒有回答我的問題。

到了週末的星期六早上，我難得前往當地的車站。

往都市的電車按照時間表到站，我便上了車。因為是地方支線，因此車廂節數很少。

我走到隔壁車廂，立刻找到從別的車站上車的那個人。

「水嶋，早安。」

「……早安。」

把吉他盒放在地上、雙手捧著上端坐在椅子上的這個人，就是遠坂。

由於無法確定歌詞要走什麼樣的路線，最後決定要請別人來聽，做為判斷依據。不過因為不能給樂團成員聽未完成的作品，因此遠坂便提議要在路邊演唱。

我知道在搭乘電車四十分鐘左右、還算熱鬧的車站前方，有人在做這種事。不過路邊演唱應該是違法行為。我雖然在昨天完成歌詞寄給遠坂，但還沒有下定決心要執行這項計畫。

而且冷靜想想，這也是我第一次在假日跟女孩子單獨外出。

遠坂的打扮很簡單，窄版的褲子很適合她的長腿。

她的上衣不知道該如何形容，穿的是肩膀稍微遮住、看起來很涼爽的藍色襯衫。

「怎麼了？」

「沒什麼。我只是在想，那種衣服是在哪裡買的。」

她發現我在看她後便開口問我。

「……網購。」

「這樣啊。對了，妳今天好像難得很少說話。」

「畢竟在當地的電車路線上，我擔心會不會碰到認識的人。」

「所以妳才要化成鐵娘子嗎？」

「你這樣講，感覺好像真的變成鐵塊一樣。」

當我們到達常有人在路邊演唱的站前廣場時，時間剛過十點。

雖然現在的陽光已經不像盛夏那樣會刺痛肌膚，不過天氣還是很熱。

假日的站前有熙熙攘攘的人潮。廣場上有個看似大學生的青年，背著木吉他在唱歌。

我們看到樹蔭下有一張長椅，便並肩坐下。

遠坂從吉他盒拿出吉他。

這支焦糖色的吉他木紋很美，表面有如鏡子般光滑；外型像木吉他，但在尾端卻有看似連結電線用的裝置。

我感到好奇，遠坂告訴我這是稱為「電木吉他」的樂器。

這支吉他可以像電吉他那樣連結到音箱，發出很大的聲音或製造特殊音效，也可以用一般方式來彈，發出木吉他的音色，非常方便。

她立刻開始彈這支電木吉他，唱出我採用流行歌曲的風格寫的歌詞。

她的聲音悠揚而美妙，不會被人潮的聲音淹沒。

有幾個人聽到她的歌聲便轉頭看我們，但立刻又繼續向前走。直到歌曲唱完，都沒有人產生興趣而過來聽。

「完全不行。」

聽到遠坂這麼說，我那顆廉價的自尊心有些受創。

「應該只是因為唱的是大家沒聽過的曲子，所以才不容易勾起路人的興趣吧。雖然說太多人聚集過來也不太好，不過妳可以先試著唱大家都聽過的歌曲。」

遠坂隨口回答「好好好」，然後開始唱她以前翻唱過的某日本國民搖滾樂團的歌。

雖然是男性主唱的歌，但遠坂唱起來毫無違和感。她已經完全把這首歌當成自己的歌來唱。這是一首感情豐富的歌，唱著歌中主角在盛夏愛上某個人，讓聽的人油然產生共鳴。

有幾個人聽到歌聲，再度停下腳步看我們。不僅如此，也有人露出稍微猶豫的神情舉止，但仍舊走過來。

遠坂又唱了同一個樂團的另一首歌。這是一首呈現鮮明海景、以失戀為題材的歌。當她唱完時，已經聚集了不少人。

聽眾包含各式各樣的族群，有看似大學生的女生，也有大約四十出頭的男性。雖然說是因為唱了大家耳熟能詳的歌，不過能吸引這麼多人，應該也是因為遠坂的歌喉吧？

「沒想到會聚集這麼多人。這樣就不愁沒人，可以開始唱原創歌曲了吧？」

「ＯＫ，那就由你來向大家宣布吧。」

我朝著聚集的人群，鼓起勇氣喊：「接下來會演唱原創歌曲。這首歌有兩套不同的歌詞，如果覺得喜歡，可以請大家拍手嗎？」

遠坂彈起吉他，再度開始歌唱納入流行風格的那首歌詞。

「滿不錯的。」、「唱得未免太棒了吧？」……我聽到這樣的聲音。

唱完之後，聽眾不禁熱烈鼓掌。

大家果然都喜歡這樣的歌。

我心中這麼想，卻看到遠坂的表情顯得很不服氣。

「等等，我要綁一下頭髮。」

她說完，迅速地把頭髮綁成馬尾，露出白皙的頸部。

「我要很認真地來唱以詩為基礎的那首歌詞。」

接著，她閉上眼睛，在這樣的狀態下靈巧地彈吉他唱歌。

無論是聲音的力道或感情投入程度，都和先前截然不同。

她以宏亮而清澈的聲音唱著，即使是原創歌曲，卻吸引更多人停下腳步。

聚集在我們周圍的人越來越多。

這樣的局面不太妙吧？受到遠坂歌聲吸引而聚集的人超乎想像地增加。原本只有十幾人的人群，現在已膨脹到將近兩倍。

「喂，稍微低調一點比較好吧？」

遠坂不理會我的提議，繼續唱著。

舉起手機拍我們的人也增加了。

唱完時，周圍響起堪稱喝采的掌聲。面對這樣的景象，遠坂朝我露出得意的笑容，但我卻反而感到慌張。

或許是因為聚集太多人，遠方有一名警察在看我們這裡。

在我們周圍的人沒有發覺到警察在看，仍舊喊著安可。

「水嶋，你看！這首歌果然還是比較好吧？」

「現在不是討論這個的時候。警察在看我們了。」

「你說什麼？」

由於現場聚集太多人，因此我們無法順利溝通。

這時我餘光瞥見警察朝我們這裡走來。

我連忙拿起吉他盒，另一隻手抓住遠坂細細的手腕。

「水嶋，你怎麼了？」

「警察來了，快逃！」

我拉著遠坂的手腕拔腿奔跑，她似乎也立刻了解狀況，跟著我跑了起來。很幸運地，站前的行人號誌是綠燈。我們不顧一切地逃跑，路人紛紛朝我們投以驚訝的眼神。我明明是健全的模範生，怎麼會落到這種地步！途中我因為感到太好笑，不禁笑了出來。我們逃進一條狹窄的巷子裡。

「你在笑什麼啊！」

提著吉他盒奔跑的遠坂這樣問我。看到她這副模樣我感到好笑，再度笑出來。她也在微笑。我放開她的手，她邊跑邊大聲說：

「我從來沒想過，自己有一天會為了躲警察逃跑。」

「我也一樣！」

警察雖然沒有追來，不過要是被抓到，應該無法避免被警告吧？

我們接著又到其他車站的站前廣場演唱，為了避免造成困擾，我們在人群變多之前就會解散，不過還是有幾次被警察發現，兩人便一起逃跑。

我們在速食店簡單地解決了遲來的午餐。遠坂默默吃著她點的漢堡。她和唱歌時一樣，閉上眼睛咀嚼。

「妳那麼專心地在品嚐味道嗎？」

「我在傾聽味道的和聲，你不要吵我。」

我嘲弄地問她，她便說出這種不知是認真還是開玩笑的話來逗我笑。

午後，我們到鬧區的公園唱歌，有許多人停下腳步，聆聽她的歌聲。

趁電車還沒有變得太擁擠，我們趕在傍晚之前搭上回程的電車。

遠坂或許是因為累了，在電車接近我們住的地方時，已經昏昏欲睡。

她的肩膀接觸到我的肩膀，讓我頓時覺得彷彿誤入了青春的版畫中。

我不禁苦笑，不知道自己到底在幹什麼。

開始下沉的夕陽默默地注視著我們兩人。

在路邊演唱的結果，顯示由詩改編的歌詞比較受歡迎。

雖然我覺得有很大因素是遠坂的唱法，但先前已經約定好，要把較受好評的歌詞正式完成，因此我也無可奈何。

不過路邊演唱對我來說也有收穫。我可以近距離感受到聽眾對歌曲中哪一部份會有反應，這一點對於作詞有很大的幫助。

當時有人拿手機拍我們，讓我感到有點在意，不過應該不會有太大的影響吧？這世上充斥著這類的影片，並沒有什麼特別的。

我在放學後繼續和遠坂討論，逐漸完成歌詞。

下個星期六，我們兩人搭乘電車，前往附近以藏書豐富著稱的圖書館。

歌詞已經大致成形，不過我總覺得還欠缺了什麼。

我為了尋找靈感，讀遍各種作詞教本。不擅長閱讀的遠坂似乎感到無聊，過了中午就說她要去彈吉他，前往隔壁的公園。

我也想稍微休息一下，便找來喜歡的詩人的散文集來讀。

我曾看過一個說法：相較於書本上寫的內容本身，更重要的是閱讀時感受到的東西。

我感覺到從這本散文集得到意外的靈感，受到很大的衝擊。

我連忙拿起作詞用的筆記本，光是調整幾個詞，歌詞就煥然一新。不過，這也可能只是情緒高昂時產生的錯覺。

我想拿給遠坂看，便走出圖書館，隨著歌聲的引導，在公園裡找到她。

她坐在樹蔭下的水泥塊上，閉上眼睛邊彈吉他邊唱歌。

公園裡帶著孩子的父母親紛紛停下腳步，專注地聆聽。

從樹葉透下的陽光照在她的側臉上，綻放美麗的光芒。

我心想，好美，她比我至今看過的任何女性都更……

遠坂唱完歌，張開眼睛，她看到我時顯得有些驚訝。

「你從什麼時候開始聽的？」

「我剛剛才到。對了，我的歌詞或許已經完成了。」

「真的？那要不要現在就來唱唱看？」

仔細想想，以天數來說，只不過是兩個星期中發生的事。

然而，這是兩人的人生交錯之後發生的。

就這樣，我和她首度共同創作的歌曲〈和你一起找到的歌〉完成了。

6

九月的第四個星期五晚上來臨，我站在那棟建築的前方。

雖然在同一座小鎮，但只是隔了兩站，感覺就好像完全陌生的城鎮，實在很奇妙。

瑪莎義大利小館——

這家店位置稍微有些偏遠，距離最近的車站要走十五分鐘的路程。
餐廳的建築漆成白色，以平房來說很高，沉重的木門展現出對細節的講究，周圍也有高大茂密的樹。我上網查地址時，看到有人在評論中說，這是一家隱藏在巷弄間的義大利餐廳。
今天遠坂要在這裡演唱。她在唱完翻唱歌曲之後，就會發表原創歌曲。

「辛苦了。」
那天從圖書館回家的途中，她在電車上對我表達慰勞之意。
歌詞完成之後，接下來的進展就很迅速。
遠坂說，她和樂團成員每個星期天都會聚在一起練習。原創歌曲除了歌詞之外，原本就幾乎已經完成，各個樂器的演奏部分也經過調整。
「我打算在明天練習的時候唱給大家聽。應該不會有問題。」
「這樣啊。」
到時候如果通過了，就會在餐廳發表。
我無法開口問有沒有「下一次」。
次日的星期天，我很早就起床了。我重新瀏覽完成的歌詞，寫了好久沒寫的詩，然後出門散步一陣子。

散步時，我回想著和遠坂一起寫歌的日子。

這段期間，我感到很愉快。

當我發現自己內心真實的感想，不禁停下腳步。

散步回來之後，我便開始念書。明年的此刻，公務員考試的筆試就已經結束了。

那時候我不知道在想些什麼，我還會和遠坂在一起嗎？

傍晚時，我的手機響了。不是簡訊，而是來電，打來的是遠坂綾音。我為自己在緊張而感到錯愕，但還是鼓起勇氣接起電話。

「喂。」

『水嶋？幸好打通了。那首歌沒有問題。大家都說歌詞寫得很好。』

隔著電話傳來的遠坂的聲音很親暱，不知為何聽起來比平常更成熟。更重要的是，聲音非常近，就好像在我耳邊低語般，讓我感到不好意思而把手機拿遠一點。

『下個星期五晚上，我們就要去表演這首歌了。』

在我處於這種狀態的時候，她仍舊高興地繼續說。

『因為要練習，所以這陣子沒辦法去社辦。如果可以的話，你也——』

我站在遠坂叔叔經營的餐廳前方，壓下了門的把手。

店內比我想像的還要寬敞。在我前方的是吧台座位，左邊設置好幾個雙人座與四人座的餐桌座位。

在這些座位的後方則是低矮的舞台，上面擺了鋼琴、鼓以及大型音箱。

停車場停了七分滿左右，因此我預期店內的客人會很多。

在場的年輕客人很少，幾乎都是成熟的大人。至少我敢肯定，十幾歲的人應該只有我一個。雖然穿了外套，但我還是覺得有些格格不入。

女店員看到我，便詢問我有沒有預先訂位。當我報出姓名，她便引導我到座位上。

這個座位距離舞台很近，位置好到讓我感到愧疚。

遠坂告訴我會有簡單的料理，但我不需要帶錢。由於從來沒有吃過義大利料理，我不禁擔心有沒有辦法正確使用刀叉。

我正忐忑不安地等候，有一名穿著廚師服的男人來到我的座位。

這個人大概三十五到四十歲左右，剪了一頭清爽的短髮，五官很立體。

他雖然留著鬍子，但不會給人粗野的印象。這個男人該不會就是……

「你是水嶋同學嗎？」

「啊，是的。」

聽到他稱呼我的姓，我雖然感到驚訝，不過回應得應該還算自然。

當我回應之後，才發覺這個初次見面的男人感觸良深地看著我。接著他露出笑容，開始自我介紹。

「很高興見到你。我是綾音的叔叔，我叫遠坂正文。」

「您好。我是遠坂的同學，名叫水嶋春人，請多多指教。」

「謝謝你特地過來。我從綾音那裡聽過關於你的事。我會準備簡單的料理，請你放鬆心情，慢慢享受表演吧。」

他用低沉而渾厚的聲音對我這麼說。我不禁鞠了一躬。

他再度露出微笑，對我說「希望你有個愉快的夜晚」，然後離開了。

我沒有想到老闆會特地來打招呼，懷著緊張的心情，等待表演開始。

不久之後，時間到了約定的七點。

整間餐廳的照明變暗，眼前的舞台則亮起燈光。

演出者從客人的座位間走上舞台。

拿著電木吉他的，是一名留著長髮、五官端正的男子。

拿著和吉他不同、張了四條弦的貝斯的，是戴著眼鏡、看起來很溫柔的男子。

戴紳士帽的男子則坐上打鼓用的椅子，正在調整器材。

負責彈鋼琴的則是頭髮往後梳的男子，正等候表演開始。

四人似乎都和遠坂的叔叔屬於同一個世代，年齡大概介於三十五歲到四十五歲之間。

最後上台的是她。

她穿著露出肩膀的高雅黑色禮服，以及同樣是黑色的高跟鞋。

遠坂綾音從觀眾席登上舞台。

當她站到麥克風前方，餐廳內便悄然無聲。

過了片刻，沒有打招呼，表演就開始了——遠坂綾音開始唱歌。

我聽過好幾次她的歌聲，也知道她具備極佳的演唱力，只要在路邊彈唱翻唱歌曲，就會吸引許多人駐足聆聽。

然而與在舞台上唱歌的她相較，卻是小巫見大巫。

她閉上眼睛唱出旋律，似乎與歌曲融為一體。

我感到自己如同被撥動的琴弦般，不停地顫抖。

她的歌聲是如此美妙。

完美到沒有個人情感插入的空間。

歌聲與伴奏結束。第一首歌是連我也知道的國民男團的歌。

這首歌的歌詞彷彿輕輕觸動心弦般纖細，讓人不禁想抬頭仰望夜空。

我雖然只顧著聽遠坂的歌聲，不過伴奏的技巧也相當精湛。

根據遠坂的說法，吉他手和貝斯手原本是隸屬某唱片公司的職業樂手。

至於鼓手和鍵盤手，既然能和這樣的兩人組團，想必也相當具有實力。

他們開始演奏第二首曲子，一開始是令人印象深刻的吉他前奏。

這次是某男性創作歌手的著名歌曲。原曲的節奏應該更輕快一點，不過或許是為了配合餐廳的氣氛，轉為較為柔和的曲調。

他們表演的歌曲每一首都很優雅，讓人就像被歌曲引導到夢中一般。

接下來的第三首、第四首也是翻唱歌曲。

第五首開始時，我因為期待與不安而緊張。

先前表演的歌曲，都是專業作曲家與作詞家的歌。

然而，預定在第六首表演的原創歌曲卻並非如此。

聽眾是否能接受那首歌呢？我們的歌在這個場所，聽起來會是什麼樣子？
我想要見證那一刻，即使……以失敗結束。
第五首歌唱完，遠坂張開原本閉著的眼睛。
當她那雙眼睛看到我，嘴角便稍稍揚起。
今晚的現場演唱開始之後，她首度在唱歌以外的時候開口。
「接下來是最後一首。這是我們首度挑戰原創歌曲，請大家聽聽看吧。」
她再度閉上眼睛。吉他以纖細的音色彈出前奏。
我們的歌要開始了。
……………但是，完全無須擔心。
從她開始唱的那一剎那，就可以感受到明顯的差別。
先前唱的每一首翻唱歌曲，她都能夠當作自己的歌來唱。
然而那些終究都是借來的歌曲。
此刻她所唱的這首歌已經完全變成她的歌，就連作詞的我都會感到嫉妒。
這世上雖然有千千萬萬首歌曲，但這首歌卻是只屬於她的原創歌曲。
——只有在唱歌的時候，我會覺得這個世界稍微愛我一點。

聽著她的歌，我想起她曾說過的話。

上帝雖然給予遠坂閱讀障礙的困境，也給了她無與倫比的歌唱能力。直到現在，我才發覺到她的特別。

也許，這項能力可以改變遠坂綾音這名少女的未來。

從遠坂口中唱出的歌聲，有一天會把她帶到遙遠的世界嗎？

我發現自己在想這樣的問題，不禁苦笑。

或許是被遠坂歌聲的能量感染了吧。

我只希望……她的前途能夠充滿喜悅。

就這樣，當天的現場演唱結束了。

然而，即使在演唱結束之後，她的歌聲仍舊縈繞在我心中。

就如夜空裡燦爛的星星，一直在我心中閃爍著。

第二章　他與她的距離

1

十月接近中旬，服裝的換季也已經結束，季節逐漸轉變為秋天。

在餐廳發表原創歌曲之後過了三個星期，這段期間又舉行了一次現場演唱。

當時我們也發表了新歌。

內心期盼的「下一次」真的實現了。

「今後你可以繼續跟我一起寫歌嗎？」

對我來說是「第一次」的現場演唱會結束之後，我和遠坂吃著號稱是員工餐、但格外講究的義大利麵時，遠坂這樣問我。我點頭了。

在那之後，我和她便持續創作歌曲。

在此同時，校外的人際關係也出現變化，我和遠坂的叔叔及樂團成員變熟了。

遠坂正文先生是「瑪莎義大利小館」這間義大利餐廳的經營者，三十八歲，單身。他原本在都會的餐廳工作，約八年前回到家鄉開店。

正文先生在高中時就在當地組樂團，而樂團成員幾乎都是他的朋友。擔任吉他手的長髮男子名叫ＫＥＮ，而戴眼鏡、彈貝斯的男人則被稱作ＹＯＳＨＩ。

兩人的副業似乎都是所謂的錄音室樂手，也就是在歌手錄音時負責演奏樂器的人。現在雖然沒有簽約，不過以前是隸屬於唱片公司的職業錄音室樂手，因此算是前職業樂手。

老實說，我本來有點怕他們。兩人都具有優秀的才能，再加上和我的年齡又有一段差距，因此我覺得他們應該不會對我有興趣。

不過事實並非如此。跟他們聊天，我才發現他們人都很好。他們會稱讚我寫的歌詞，也會問我遠坂在學校的情況。

在學校的世界也稍微出現變化。

我和綾音首度在一起創作歌曲那期間，她曾在路邊演唱而被拍攝下來。影片被上傳到網路上，雖然播放次數不多，但還是在網路上流傳。

影片也附上「高中生二人組一同創作歌曲」的說明文字。

這段影片被班上的同學發現，不知不覺中就傳開了。

或許是因為不敢直接去問遠坂，班上有幾個人來問我這件事。我只是曖昧不明地笑笑，對於兩人之間的關係也含糊其詞。

「你為什麼不跟他們說清楚？」

遠坂似乎看到我和那些同學對話，放學後在社辦這樣問說。

「說什麼？」

「就說我們兩人在密室中單獨相處，做些不該做的事。」

「一點都不好笑。就算開玩笑也別說這種話。」

八卦傳得很快，就連導師和教務主任藤田老師也聽到這個消息。

某天午休時間，他們兩人找我過去。我原本以為會挨罵。

不過對於在路邊演唱這件事，他們並沒有責備我，反而比較想知道我和遠坂的關係。他們也婉轉地問我是否知道遠坂的症狀，我便老實回答。

我也告訴他們，我和遠坂在社辦寫歌，不過並沒有受到指責或禁止。他們說很高興有學生了解遠坂的症狀，並默許我們使用社辦。

然而，路邊演唱的影片卻在意想不到的地方造成影響。

十月進入第三個星期時，有一群人在午休時間來找遠坂。

「嗨，綾音。原來妳那麼會唱歌。我們看過那段影片了。」

這群人屬於別班受人矚目的小團體，我曾看過他們幾次。

他們把制服穿得很有型，整體來說身材都很高，而且多半長得俊秀美麗。

代表他們跟遠坂說話的，是個跟我一樣屬於平均身高的男生。

因為事發突然，全班的目光都集中到遠坂身上。

遠坂仍舊保持一貫的鐵娘子風格，沒有回應，只是以銳利的眼神瞪著他。

「好可怕喔～別這樣瞪我嘛，我們在下個月的文化祭要舉辦演唱會，妳可不可以也臨時參加？一定會很轟動。」

我們學校在六月底舉辦運動會，十一月中旬則由學生來主辦文化祭。由於班級和社團都不多，文化祭並不是很熱鬧。

也因此，由志願者組成的樂團就成了重頭戲。

「不要，你們回去吧。」

遠坂冷冷地拒絕代表其他人說話的男生的提議。

「咦～為什麼～妳特地到路邊演唱，應該很喜歡音樂吧？」

「我不想和你們一起上台表演，就這麼簡單，不要再煩我了。」

遠坂說完，把視線移向窗外。

然而這群人仍舊不死心，先前那個男生執拗地持續勸說。

此時，在這群人當中也特別高的一個人環顧教室。

接著他似乎找到他要找的對象，舉手打招呼。

對象是班上核心小團體的成員，他們一直就默默旁觀，被打招呼也只是低調回應。

這幅景象令人不得不意識到雙方的權力關係。邀遠坂參加樂團的這群別班同學，或許是本學年最有影響力的小團體吧？

不久之後，那個小團體的成員之一發現了我。他是剛剛那個長得特別高的男生。我發覺到先前環顧教室的他不知何時開始盯著我看。

「喂，我問你。那個傢伙——」

高個子敲了敲執拗勸說遠坂的男生肩膀，讓他轉頭，並把我指給他看。

「那傢伙？他是誰？」

「他就是跟綾音一起出現在影片裡的那傢伙吧？」

「真的假的？原來他也是這班的。」

他們彼此竊笑之後，帶著一群人來到我的桌前。

「呃~你叫什麼名字啊？你是跟綾音一起在街頭演唱的人吧？」

跟我身高差不多的男生再度代表所有人問話。

我猶豫了一下要不要否定，不過要是亂撒謊而被拆穿，也許反而更麻煩。

「嗯，大概吧。」

「那剛好，綾音個性太頑固，讓我們感到很棘手。你可以幫我們說話嗎？」

「她本人說不想參加，就算由我去說也沒用吧？」

「沒這回事，你們是朋友吧？幫我們說服她吧。啊，還是說……」

對我說話的男生用別有意涵的眼神望向背後的其他人。

他們交頭接耳一陣子，然後包含眼前這個男生的所有人，都發出嘲諷的笑聲。

男生重新看著我，笑嘻嘻地大聲問：

「你們兩個該不會在交往吧？」

教室內所有人的目光此時都集中到我身上，連遠坂都在注視我。

為什麼……為什麼他要特地問這種事？或許他看到像我這麼不起眼的人物，竟然和遠坂很要好，因此內心感到不爽？

我自認有自知之明，不可能抱著那樣的妄想。

「沒這回事，我跟她不一樣。」

我明確地回答，眼前這群人便相視而笑。

「那當然囉～我早就知道了。我非常了解這種事不可能發生。真抱歉啊，讓你出糗。」

對方邊說邊用力拍打我的肩膀好幾次，在他身後湧起一陣嘲諷的笑聲。

「不過你好歹也是綾音的朋友吧？那就來幫我們吧。」

「呃……這個有點……」

「在這裡不方便說話，我們到走廊上吧。」

我被迫從座位上站起來，照他所說地被帶到走廊上，甚至還被勾住肩膀。

宣告午休時間結束的預備鈴在此時響起。

我已經被那群人帶到走廊角落圍堵著。

「拜託，我們不想在氣勢上輸給三年級的，你就幫幫忙吧。」

跟我身高相仿的男生更用力地勾住我的肩膀這麼說。

如果遠坂願意的話，我也覺得臨時參加演唱會沒什麼不好。

但是她並不想要參加，更何況我知道她真正的個性。

她一定很害怕，不知道跟這些人在一起會受到什麼樣的對待。

我想像著自己接下來打算做的事，不禁覺得身體變得冰冷了起來。

在我默默做好心理準備的同時，眼前的男生皺著眉頭威脅我。

「喂，你應該知道如果沒有辦法說服綾音，會有什麼後果吧？」

直到今日，我很幸運地沒有遭遇過霸凌。

為了迴避那種處境，我盡可能避免引起注意，巧妙地與人相處，當然也不曾跟人吵架。

「可以聽我說嗎？」

我雖然已經下定決心，但聲音卻有些發抖。

「遠坂已經說她不想參加了，可以請你們放棄嗎？如果你們不高興的話，想要霸凌我也沒關係，不過如果出現那樣的情況，呃……」

「蛤……？」

這群人或許沒有預期到會聽見這樣的回應，似乎都目瞪口呆。

不久之後，就聽到冷笑的聲音：

「喂，這傢伙真噁心，你以為你是誰呀？」

站在前方、個子特別高的學生踢了我的大腿一腳。

跟我身高相仿的男生瞪著我說：

「你是不是太囂張了一點？你應該知道，是囂張的人自己不好吧？」

唉，此刻的記憶大概會永遠留下來吧？

今後我大概會在生活中不經意的瞬間，突然回想起這件事，陷入惡劣的心情中。

我以冷眼旁觀的態度想著這樣的念頭。

他們似乎打算把我帶到更偏僻的地方。

我轉頭，看到班上的人從門窗探出頭注視著我們。

遠坂來到走廊上，張開嘴巴似乎準備要說話……

「你們在做什麼！」

這時有個男人大聲咆哮，讓準備把我帶走的那群人停下腳步。

我轉頭看向走廊盡頭，出現在那裡的是藤田老師。

他大概是要去上某個班級的國文課或古文課。藤田老師總是在正式鈴聲響起之前就進入教室，此刻他瞪著我們，發覺到我在場之後露出有些驚訝的表情。

「哇，是藤田！」

包圍我的那群人當中，有一人畏懼地大喊，勾著我肩膀的手也鬆開了。

「水嶋，怎麼了？發生什麼事？」

老師快步走過來詢問，我不自覺地望著那群人。

他們臉上的表情，好像在說被麻煩的人看到不該被看到的一幕了。

「又是你們！你們想對水嶋做什麼？快說！」

「我們又沒有要幹什麼。」

跟我身高相近的男生如此回答，絲毫沒有隱藏不爽的態度。

「真的嗎？如果有霸凌事件，我絕對不會寬容以待！」

藤田老師說完，和那群人無言地對峙。

我聽到旁邊響起「嘖」的聲音，也聽到有人說「算了，我們走」，然後他們便索然無趣地回到自己的教室。

我瞬間失去力量。

「水嶋，不要緊嗎？他們真的沒有對你怎麼樣嗎？」

「不要緊。我自己說話也不夠得體，所以才會產生衝突。幸虧老師出面幫忙，真的很謝謝老師。」

藤田老師似乎接受了我的說法，回到他要上課的教室。

我也回到教室，這時回到座位上的遠坂和所有人都注視著我。

或許是我多心，不過遠坂的臉上似乎帶著些許悲傷的表情。

放學後，我和遠坂在前往社辦的途中，小心翼翼地留意有沒有被那群人盯上。

我們各自坐在平常的座位上，兩人自然而然都沉默不語。

「對不起，都是因為我說要在路邊演唱，才會發生這種事。」

過了片刻，遠坂低著頭對我道歉。

「別這麼說。我當時也沒有強烈反對，我們也不可能想到會發生這種事，這不是誰的錯。而且幸虧被藤田老師發現，所以應該不會有事了。」

「這樣啊。」

「嗯。」

兩人再度沉默。過了一陣子，遠坂開口說：

「不過你說的那句話，讓我感覺有點受傷。」

「哪句話？」

我沒想到會聽到她說出這種話，不禁反問。遠坂有些難以啟齒地說：

「就是你說，『我跟她不一樣』那句。」

「哦……那句話啊。」

「有什麼不一樣？」

那是在他們問我是不是和遠坂在交往的時候。

當時我在否定的時候，帶著些許自卑感如此回答。

「不用說也知道吧？」

「不知道，你說清楚一點。」

遠坂直視我的眼睛質問。

「別誤會，我不是在說妳的症狀。」

「這我知道……可是你到底是什麼意思？」

「妳應該知道吧？」

「我就是不知道。」

兩人的對話變成平行線。在被那幫人強迫面對這一點之前，我也並沒有特別在意，不過遠坂真的不知道嗎？她真的沒有感覺嗎？

「我是指外表、容貌方面的差別。」

我帶著冷笑回答，遠坂便顯得有些驚訝。

「這有什麼好在意的？」

「……當然會在意，因為我是沒有這些優勢的人。沒有優勢的人，就會一直耿耿於懷——唉，我本來不想說這些的。」

老實說，這樣真的很難看。客觀地來看，沒有比自卑感看起來更噁心的東西。

不過遠坂似乎接受了我的回答，說了聲「哦～」，然後仔細盯著我看。

「怎麼了？」

「沒有，我只是覺得你想太多了。我也了解你說的那種耿耿於懷的感覺。有時候不是會碰到那種愛說『我腦筋太差，所以沒辦法念書～』的人嗎？」

「有人會說這種話嗎？」

「當然有！不過我會覺得，就算腦筋差又怎麼樣？至少還有辦法努力。我雖然也很努力，可是要我讀寫大量文字，像是讀懂考卷上的閱讀測驗文章、寫出作者心情之類的，我就一點辦法都沒有了。」

遠坂說到這裡，自嘲地笑了一下。

我不禁對她說：

「我從以前就覺得，妳這樣還能進入高中，真的很厲害。準備高中入學考很辛苦吧？」

「嗯，是啊，但不知道是否因為沒辦法靠閱讀記憶，對於用耳朵聽進去的內容，我不太會忘記。而且像數學之類的，就可以毫無問題地解題，應用問題只要題目不要太長，雖然必須花一些時間，不過還是可以閱讀。以這間學校的程度來說，還不至於考不進來。」

我從以前就覺得遠坂果然是個很努力的人，現在更確定了。

不過努力也有極限。做不到的事情應該很多。

不過……遠坂還有音樂方面的才能。

我正想到這裡，遠坂忽然把話題轉到我身上：

「對了，我才想問你，你為什麼要進這所學校？你應該能考上更好的學校吧？你之前說你想要當公務員，可是升上好大學再去當也不遲啊。」

我猶豫了一下。我過去沒有主動談起過這件事，而且這個內容聽起來也滿沉重的。

「我沒有父母。」

「什麼？」

然而我還來不及思考，就已經把自己家裡的情況告訴遠坂。

或許是和她之間毫無顧忌的關係，讓我能夠坦白說出來。

「我從小學的時候，就跟年紀大我很多的祖父母住在一起。我不想因為升學造成他們經濟上的負擔，而且他們想法都滿保守的，看我當上公務員就會感到安心。所以國中導師就推薦我這所學校，聽說這所學校在鎮公所的公務員考試方面很強。」

我盡可能用輕鬆的口吻陳述，但是遠坂卻沉默了片刻。

「那我們就是好夥伴了。」

當她開口時，說出了莫名其妙的一句話。

「好夥伴？」

我不了解她的意思便詢問她。她淺笑一下站起來。

「今天就到此為止。」

「喂，等一下，妳說好夥伴是什麼意思？」

我仍舊感到困惑，詢問正在準備回家的她。

遠坂在走出社辦前轉身，臉上帶著靦腆的笑容。

「我也沒有父母，我和叔叔兩個人一起住。」

2

次日，當我到學校，便發現周遭完全變了。
當我在教室向同學打招呼時，他們猶豫了一下，然後假裝沒聽見。
休息時間和午休時間也是同樣的情況。
我不知從何時開始，就被當成不存在的人。
雖然沒有受到很明顯的惡意對待，但是當我因為遭到漠視而一頭霧水時，班上核心小團體中的一人說：
「都是水嶋你不好。」
我訝異地注視那些人，他們默默地迴避我的視線。
該不會是受到昨天那群人指示，要把我當成空氣？
如果說我沒有受到打擊，那就是在說謊。
不過這也是我自找的。我多少有些心理準備，而且情況也沒有比我想像的更糟糕。
相對於教室裡的情況，放學後的社辦氣氛變得很好。
隔了一個週末，當我星期一前往社辦時，就看到遠坂抱著之前沒看過的吉他，戴上很專業的耳機，正起勁地撥著吉他弦。

室內隱約有股殺蟲劑的氣味，另外也放了小型舊冰箱和電熱水壺。

遠坂發現我進來了，露出笑容，取下耳機。

「哈囉！我在昨天假日的時候，把必要物品都搬進來了。還有，謝謝你的鑰匙。我打了備用鑰匙，所以原本的鑰匙可以還你。」

根據她的說法，她在星期日練習結束之後，和樂團成員擅入校園，合力把已經沒有使用的音箱和電器用品等搬入社辦。

她把備用的吉他也搬進來，說這樣就能在社辦作曲了。

除了像這樣的物質層面之外，在心理層面上，這裡似乎也比以前更舒適。

或許是我多心了，不過我覺得遠坂比之前更對我敞開心扉。

「對了，水嶋，你平常都讀什麼樣的詩？」

因為被問到，我便拿起放在社辦的詩集遞給她說：「像這一類的。」

「哦，雖然比其他的書好一點，不過這上面也都是文字。」

「畢竟這是詩集。」

我並不認為這是兩個沒有雙親的人在互舔傷口或共生依賴之類的，而是兩人之間的關係進展到更不需彼此顧忌。

進入十一月的第一個星期，遠坂在新歌製作到一半時，趴在桌上說：
「唉，我好想去某個遙遠的地方～」
「比方說去哪裡？」
「像是沖繩或北海道，總之就是遠離這裡的某個地方。」
每個月的第二及第四個星期五，會在瑪莎義大利小館進行現場演唱，而每個月的第一週及第三週，則是積極創作新曲的期間。
遠坂大概是創作新曲時遇到瓶頸，才會說出這種話。
「要不要乾脆四處流浪，靠彈唱維生？」
我開玩笑地這麼說，遠坂便興致勃勃地回應：
「好啊，感覺就像戴綠色尖帽的吟遊詩人。對了，水嶋，你跟那個角色還滿像的。」
遠坂說的大概是北歐還是哪裡的著名角色（註二）。

註二：戴綠色尖帽的吟遊詩人角色，應是指芬蘭瑞典語作家朵貝·楊笙作品《嚕嚕米》（Moomins）系列中的阿金（Snufkin）。

「像是眼睛沒有完全張開的地方嗎？」

我不加思索地回答，遠坂便瞪大眼睛。

接著她愉快地哈哈大笑，我從來沒有看過她笑得如此開懷。

「不是，我是指你的氣質，還有會寫詩這一點，不過眼睛的確也滿像的。」

次日放學後，我們兩人到社辦時，遠坂特地把書包舉起來，對我說：「你看！」

「這是書包。」

「不對！哪有人會突然強調書包的？」

「我還以為妳剛好想做這種事？」

「不是啦！你仔細看。」

我凝神注視，看到書包上掛了某樣東西，那是昨天我們談起的那個綠衣角色。

「我記得我應該把它放在哪裡，找一找就找到了。因為很有趣，所以我就把它掛在書包上了。」

我雖然知道是嘲弄，不過她把之前說跟我很像的角色掛在書包上，仍讓我覺得害羞。

到了十一月中旬，文化祭依照預定舉辦。

從準備階段到當天，我在班上一直被當成空氣。

遠坂雖然跟我的理由不一樣，不過也面對類似的處境。

文化祭屬於自由參加，因此當天我和遠坂在社辦各自做著想做的事。

到了舉辦現場演唱的時段，遠坂便邀我到無人的屋頂。

我們往前靠在扶手上，心不在焉地聽著從體育館傳來的喧鬧聲。

在這個喧鬧聲的某個角落，或許也有別班那群引人注目的傢伙吧？

「不是我想說，不過他們的表演真的不怎麼樣。」

遠坂對我說出這樣的感想。

「跟你們比起來，大部分的人演唱起來都不怎麼樣。」

「我來唱的話應該還可以啦。要是我突然衝上舞台，不知道會不會成為傳說。」

「如果妳要衝，我也會拿著吉他參戰。」

我隨口附和，遠坂便高興地揚起嘴角。

「這個主意不錯。要不要兩個人去攻佔他們的舞台？」

「聽到妳的歌聲，觀眾應該會很驚訝吧？一開始雖然感到困惑，但是逐漸被帶動氣氛

——」

「相反地，被搶走舞台的那些人會很不甘心。」

「接著執行委員試圖要來阻止，可是台下的氣氛一旦被炒熱，就沒辦法平息。就連執行委員的阻撓也變成表演的一部分。」

「老師也會來阻止我們吧？」

「不過搞不好藤田老師會安撫他們。接下來，在學校沒機會展露身手的貝斯手和鼓手受到妳的歌聲吸引，也會跳上舞台。」

「這個好！那最後就把校歌改編成演唱會版本來唱吧！」

「於是大家一起合唱——這一天，全校都團結在一起。」

兩人的幻想進行到這裡，遠坂突然忍俊不禁，哈哈大笑。

「水嶋，重點是，你會彈吉他嗎？」

「我看過好幾次ＫＥＮ的超級技巧，在想像訓練方面已經很完美了。」

「男生真喜歡想像訓練。」

「妳這是什麼意思？」

遠坂露出惡作劇的笑容看著我。

過了片刻，她把視線移向前方。

「說到ＫＥＮ，他最近拜託我一件事。」

「什麼事？」

「聽說他的熟人要舉辦演唱會，可是演出者當中突然有人不能上台。ＫＥＮ認識的那個人好像是地方音樂業界的人，上個月也有來看我們在餐廳的演唱。」

「……原來也會有那樣的人來聽。然後呢？」

「聽說那個人很讚賞當時的演唱，所以不久之前，那個人就請ＫＥＮ來拜託我，希望我能代替不能上台的人參加演唱會。不過只有我獨唱而已。」

既然是獨唱，大概只有遠坂受到表演委託吧？

「聽起來是很棒的機會。而且這代表那個人很欣賞妳吧？」

遠坂聽我這麼說，便轉頭注視著我。

「那個人是憑原創歌曲來評量實力，而且稱讚的主要是歌詞而不是音樂，所以讓我有點嫉妒。」

這個說法讓我不禁苦笑。歌曲的音樂是由遠坂負責，歌詞則由我負責。

「歌詞如果沒有人唱出來，也只是依附在紙上而已。有大家的演奏和遠坂的實力，才能吸引人吧？而且那個人應該也很欣賞妳的歌聲，否則就不會請妳來代唱，不是嗎？」

「被你發現了。」

「妳幹嘛不好意思說出來！」

遠坂聽我這麼說，稍稍露出笑容，然後把雙臂靠在扶手上，把臉放上去。

「像這樣得到音樂業界的人讚賞，雖然只是地方上的業界……不過還是滿開心的。我們認真地創作歌曲，總算得到回報了。」

仔細想想，這兩個月以來，我們已經共同創作了四首歌曲。

這樣的成果在意想不到的地方獲得讚賞，也讓我感到高興。

「對了，妳說那個人邀妳參加的演唱會，會有多少人來聽？」

「超過一百個人。」

「什麼？真的假的？」

這個規模超乎預期，讓我大吃一驚。遠坂似乎覺得我的反應很有趣，笑著說：

「這種活動根本不適合我，而且觀眾又很多，所以我有點想要拒絕……畢竟如果要參加的話，除了準備演唱會之外，也得付出其他努力才行。」

遠坂雖然這麼說，但她的口吻聽起來似乎很想參加。

遠坂因為有閱讀障礙的問題，未來的發展難免受到限制。

在這樣的情況下，我也希望她的歌聲能夠獲得更多人肯定。

「難得有這樣的機會，妳就參加看看吧！如果有我幫得上忙的地方，我也可以幫忙。」

遠坂聽我這麼說，便以期待的眼神看著我。

「真的？」

「嗯，我保證。我們不是社團夥伴嗎？交給我吧！」

「那……就拜託你了。有你幫忙的話，我覺得自己應該就能努力去嘗試看看。」

雖然這樣的評價過度高估了我，不過我還是感到高興，願意為她赴湯蹈火。

「還有，演唱會當天，你一定也要來。順便告訴你，那一天是——」

然而接下來，遠坂口中卻說出我完全沒有想像到的話：

「平安夜。」

3

文化祭結束之後，又恢復平常的學校生活。

兩個星期之後，期末考週就要開始了。

由於事關遠坂能否升級，因此我們暫時停止寫歌。

瑪莎義大利小館的現場演唱，這陣子也將由遠坂以外的成員來進行。

期末考結束之後，遠坂預定要上台的演唱會即將來臨。

那是在新幹線也有停靠、都會站前舉辦的活動。聽說每年平安夜，ＫＥＮ的熟人都會舉辦這樣的活動。

活動中預定由當地頗有名氣的歌手翻唱與耶誕節有關的歌曲，並以木吉他伴奏。遠坂負責替那位歌手暖場，只上台十五分鐘。

然而期末考除了關係到遠坂的升級，也關係到她能否參加那場演唱會。

如果有一科不及格，寒假開始的十二月二十三號和二十四號就得參加補習。

平安夜的演唱會是在傍晚舉辦，因此補習結束之後不知道能不能趕上。

話說回來，如果不參加補習，就得放棄升級。

在期末考週來臨之前，每天放學後，我就會在社辦陪遠坂念書。

數理科目應該能順利通過，但是國文、古文、英文卻很危險。

不過也不是沒有對策。

我把課本的考試範圍一字一句念出來，讓遠坂用手機錄音。

遠坂並不是完全無法閱讀文字。雖然閱讀長篇文章會有困難，不過如果是考卷題目的文字以及題目所指的文章部分，只要她多花一些時間，還是能讀懂。

也就是說，只要把課本的內容完全背起來，就能掌握文章內容，了解題目在問什麼。因此只要把課本內容錄下來反覆聽，就能應付考試。

「這樣真的對我有很大的幫助，如果課本都有語音朗讀就好了。」

遠坂說，在我幫忙之前，她是一個字一個字念出課本錄音，耗費的工夫讓人難以想像。

她的叔叔正文先生也主動想幫忙，但是遠坂顧慮到他還要忙餐廳的工作，因此有時候乾脆就放棄數理科以外的科目。

不過因為我的幫忙，讓她得以彌補不足之處。

我找藉口說自己也可以複習，把包含副修科目的課本考試範圍都朗讀了，讓遠坂錄音。

遠坂戴著耳機，以認真的表情反覆聆聽。

我不再因為她在傾聽我的聲音而感到害羞，只覺得像這樣努力挑戰現實的她十分耀眼。

期末考轉眼間就開始了。

到了次週，考卷陸續發回來，全校師生開始為接下來的寒假和耶誕節而興奮不已。

然而，在這樣的歡喜氣氛中，放學後來到社辦的遠坂卻垂頭喪氣。

「我現在最討厭聽到『我根本都沒有念書耶～』這種很普通的炫耀。」

古文科的考卷發回來時，看到遠坂的反應，我就多少預期到了。

我問她考試結果，她便告訴我，很遺憾地只有古文不及格。

而且據說只差一題而已，遠坂在社辦一副很不甘心的樣子盯著考卷。

「我明明那麼努力還考成這樣，亂悲哀的。一切都白費了。」

遠坂低著頭，看起來真的很悲傷。我對她說：

「妳的努力絕對沒有白費。妳只有一科不及格吧？」

「可是因為這一科不及格，也許就沒辦法參加平安夜的演唱會了。雖然說萬一來不及，KEN可以代替我上台，不過早知道就拒絕了……」

遠坂喃喃地說完之後，緊緊握住一隻手的拳頭。

「水嶋，我真的很不甘心。」

我也看到遠坂有多麼努力。她一定比班上任何一位同學都更努力。

然而……現實是殘酷的。

「這次的確有一科不太順利——」

我開口說話，遠坂便抬起頭。

「不過妳做的一切都不會白費，我知道妳有多努力，這樣的努力絕對不會白費。而且照這樣下去的話，應該也可以順利升級吧？」

遠坂無力地看我一眼，然後又低下頭。

「你說沒有白費，不過真的是這樣嗎？」

「真的。妳以前期末考都有很多科不及格吧？現在只有一科不及格而已。這次的做法沒有錯。接下來只要參加寒假補習，第三學期好好上課，考試前也努力準備，一定可以升級。這次的經驗沒有白費。」

「可是那也只是可以升級、畢業吧？感覺好空虛。」

平常在社辦總是很活潑的遠坂，此刻顯得意志消沉。

她等於是在暗示自己沒有什麼前途。

「遠坂……」

「難道不是嗎？而且我跟你『不一樣』。」

遠坂哀傷地說出這句話，碰巧呼應我曾經說過的話。

「你可以毫無問題地閱讀文字，腦筋也很好，你的前途一片光明，跟我不一樣。」

遠坂因為不及格的打擊，變得有些情緒化。

所以才會說出這樣的話吧。

但我也失去冷靜思考的能力。我不禁凝視著她。

我的前途根本也沒什麼大不了的。

我想必會在這座鄉下小鎮度過一生。雖然不太想用照護這個詞，不過我會一邊工作一邊照護祖父母，等到替他們送終之後，繼續當一名平凡無奇的鎮公所職員。

「沒辦法閱讀文字又怎麼樣！」

我不知不覺便用強烈的口吻這麼說。

「即使沒辦法閱讀，妳不是還能唱歌嗎？那是很了不起的能力！當過職業樂手的KEN和YOSHI都肯定妳的能力，妳應該知道吧？」

遠坂或許是因為沒有想到我會說出這種話，強烈地反駁：

「就算會唱歌，也只能當作逃避現實的手段而已。」

「沒這回事！妳的歌可以改變現實。」

「你不要說得好像很懂的樣子！」

「我怎麼能夠不說出來！我們不是一直都在一起寫歌嗎？我在距離最近的地方聽妳唱

歌，知道妳的歌聲很美，很棒。遠坂，妳真的很棒！」

這時遠坂用力拍桌。

她似乎在生氣，又好像是覺得不甘心……表情顯得相當複雜。

「我今天要先回去了。」

遠坂說完就站起來，拿著書包走出社辦。

在她離去之際，我看到掛在她書包上的那個綠衣角色在搖晃。

我默默地目送她離開之後，深深地嘆了一口氣。

我搞砸了，我太情緒化了。遠坂天生無法順利地認知文字，我卻對她說「沒辦法閱讀文字又怎麼樣」……太惡劣了。

我失去力量，往後靠在椅背上。

要不要現在去追遠坂，向她道歉？可是，要怎麼道歉？

當我茫然若失時，忽然注意到掉在地板上的考卷。

那大概是遠坂在拍桌時掉下去的，我撿起不合格的古文考卷，仔細檢查。

只差一題，只要再答對一題，我們現在是否就能相視而笑了？

遠坂是否會承認自己的努力沒有白費？

我懷著這樣的希望檢查考卷，忽然注意到被打叉的某個答案欄。
因為才剛剛發下來，因此我對於自己的考卷也還有印象。
我連忙拿出自己的考卷對照。我的直覺果然沒有錯。
為了告訴遠坂這件事，我撥出電話給她，但沒有打通。
我心想，現在應該還來得及，便衝出社辦去追遠坂。
我氣喘吁吁地跑到校門，沿途和前方都沒有看到遠坂。
不過當我跑出校門，望向車站的方向，就看到應該是遠坂的背影。
我不想花時間去牽腳踏車，因此再度開始奔跑。
「喂！遠坂！」
我確認四周沒人之後，一邊迅速縮短距離一邊大喊。
遠坂回頭，她似乎真的很不想見到我，轉回前方之後就拔腿奔馳。
我拚命追在她後方。
「遠坂，等等，等等我！」
「我不要等你！」
老實說，我太小看遠坂了。她說她有在鍛鍊不是說假的，她以漂亮的跑姿向前奔跑。

距離遲遲無法縮短。當兩人在賽跑時，我不禁喊：

「這是在演青春偶像劇嗎？」

「就算你故意說好笑的話，我也不會放慢速度！」

「不是！我是要跟妳說考試的事！」

「沒什麼好說的！」

這時我停下腳步，再次確認四周沒人之後，大聲喊：

「妳的考卷沒有不及格！是老師改錯了！」

告訴遠坂考試評分有誤之後，我們回到社辦進行確認。

接著兩人到教職員室找藤田老師，向他說明情況。

「……真的很抱歉，的確是我的疏忽。」

這是很單純的選擇題評分錯誤，藤田老師應該也不是故意的。

老師向遠坂道歉、修正分數，這麼一來就免除不及格的危機了。

遠坂拿著考卷，盯著上面的分數，顯得十分感動的樣子。

藤田老師似乎感到很愧疚，再次向遠坂道歉。

「妳其他科好像也很努力，所以我特地檢查了好幾次，自認已經沒有錯誤了……真的很對不起。」

談完之後，我們再次向老師道謝，然後一起走出教職員室。

我察覺到遠坂在看我，便提議先回到社辦，她也同意了。

我們換回鞋子，默默地走向目的地。

當我跟在遠坂後面進入社辦、關上門，遠坂對我大喊：

「太棒了，太棒了～～」

看到她高興的模樣，我忍不住笑出來，遠坂就用鬧彆扭的語氣說：

「你竟敢笑我！我會這麼高興也很正常吧？」

「因為妳剛剛還那麼生氣，而且又衝出社辦，害我要去追妳。」

「你吐嘈的那句『這是在演青春偶像劇嗎』差點讓我笑出來！那太卑鄙了。」

不知不覺，我們已經回到平常的樣子，兩人似乎同時察覺到這一點。我面對遠坂，重新鄭重地向她道歉：

「那個……我因為一時激動，說了很失禮的話。對不起。」

我低下頭道歉，遠坂連忙在胸前揮手，說：

「我才應該道歉，說了那麼負面的話。我上高中之後，從來沒有像這次這麼努力，所以當我看到結果還是不及格，感到非常沮喪。」

她那麼努力卻得到那樣的結果，當然會沮喪吧。

「不過事後回想起來——水嶋，你在我沮喪的時候，說了些安慰我的話吧？而且那些話聽起來還滿難為情的。」

我一時懷疑自己什麼時候說過那種話，但馬上就想起來了。

——妳的歌聲很美，很棒。遠坂，妳真的很棒！

我的確說了。就如遠坂所說的，那些話聽起來很難為情。

「那是……因為當時太急了，我說那些話真的很噁心，希望妳可以把它忘掉。」

「很遺憾，用耳朵聽到的內容，我通常都不會忘記唷～」

遠坂看到我支支吾吾的樣子，笑嘻嘻地捉弄我。

4

到了十二月下旬，舉辦過結業典禮之後，平安夜即將來臨。

當天的天氣很冷。

新聞氣象也預告會下雪，據說上次這一帶在平安夜降雪，已經是七年前的事了。

遠坂說既然要到大城市，就想去逛街購物，因此演唱會當天預定在現場集合。我們約好要在演唱會開始前的下午四點碰面。

期末考雖然才剛結束，不過我在出門之前，一直專注地準備公務員考試。

然而到了下午，我開始無法按捺浮動的心情，因此比預定時間提早一小時出門。

我事先告知祖父母今天的活動，騎著腳踏車前往車站。

往大城市的電車每小時有兩班，因為是下午兩點的時段，車上很空。

不過隨著目的地的車站接近，即使是平日，乘客還是變多了。

電車內有許多穿得很溫暖的雙人組合，年齡層從跟我同輩到稍微年長的世代都有。電車沒有誤點，在約定時間的一小時前到達目的地的車站。

這是我第一次在耶誕季節來到這個車站前，眼前的景象就如螢幕裡的世界般繽紛熱鬧。到處都布置了燈飾，還有身穿耶誕老人服裝的店員，在面對大街的店面推銷蛋糕。

我想喝點熱飲，便探尋附近的店內，但每一間店都坐滿了人。

於是，我只好去逛連結車站的百貨公司，當搭乘電扶梯時，我發現一家賣配件的店。

逛這家店的客人平常應該主要是女性，不過今天卻有單獨在店裡的男性客人，大概是想買禮物送給情人或是親近的人。

我心想可以在這裡打發時間，便鼓起勇氣進入這家店。

我在店內逛了逛，發現有一區陳列了色彩繽紛的手帕。

每一條手帕看起來都很高雅，價錢也不會太貴。

「耶誕節的小禮物，就送高品質的手帕。」

店頭寫著這樣的宣傳內容，吸引了我的視線。

禮物……送耶誕節禮物給遠坂，會不會很奇怪？

應該滿噁心的吧——我不禁苦笑。即便如此，我還是無法下定決心離開這家店，繼續瀏覽手帕，結果不小心撞到了人。我連忙鞠躬道歉：

「對、對不起。」

「沒關係。」

對方似乎是大學生，乍看之下的印象是一名長髮女性。

她看起來是要去約會的模樣，穿著成熟風格的寬裙襬長裙。

這時我想到，遠坂穿便服時，好像都沒有看過她穿裙子的打扮。

「咦？你是水嶋？」

當我正想著遠坂時，被我撞到的人突然喊出我的姓。

我抬起頭，看到眼前穿著裙子、打扮入時、背著吉他的人就是遠坂。不知是不是受到平安夜的氣氛感染，她看起來好像在閃耀一般。

「咦？遠坂，妳怎麼會在這裡？」

「這應該是我要問的才對。我不是說過，我要先來買東西嗎？」

她說得沒錯，遠坂出現在這裡並沒有什麼好奇怪的。

不過我沒想到她竟然會跟我進入同一間店。

「水嶋，你呢？你要買耶誕禮物送人嗎？」

遠坂問我，讓我一時回答不出來。我絕對說不出自己正在猶豫要不要送禮物給她。

「呃，對呀，我在想可以買什麼東西給奶奶。遠坂，妳呢？」

「嗯……我也差不多，我想買東西送給叔叔……啊，對了！水嶋，你陪我一起挑吧！我也想聽聽男士的意見。我自己覺得送手帕不錯。」

於是，我就在因緣際會之下陪遠坂挑選禮物。

她也陪我挑選謊稱的禮物作為回報。

「啊，你看！可以送那條手帕給奶奶！」

遠坂指著一條手帕對我說。那條手帕上有個很眼熟的角色——戴著綠色尖帽子的吟遊詩人。遠坂選的手帕設計簡單俐落，上面繡著這個角色。

「遠坂，妳只是在尋我開心吧？」

「才不是。我告訴你，她一定會喜歡。」

結果兩人都買了手帕，店員特別替我們包裝成送禮用。

逛完之後，時間已經差不多了，我們便前往演唱會的預定地點。

這裡比我想像的更引人注目，在站前超過十公尺高的耶誕樹旁邊，設置著小小的舞台，演出者要在那裡唱歌及演奏。

現場已經按部就班地進行準備。我事先聽說ＫＥＮ也會來，此刻他正在跟工作人員談話。他看到我們，便對我們打招呼：

「原來你們兩個一起來了。」

接著他為我們介紹工作人員及演唱會主角的女歌手。

彩排和調音很快就開始進行。正式活動預定在五點到六點半舉行，擔任暖場的演出者除了遠坂以外，還有一人。

三位演出者站在舞台上確認程序，我和ＫＥＮ則在台下觀望。

調音結束之後，據說是這次活動主辦者的男子出現了。

我沒記錯的話，他應該是從事音樂相關的工作。

那個人找KEN過去，於是我獨自留下來，我看著那位主辦人正在向三位演出者打招呼。

開始時間的五點逐漸接近，空氣變得越來越冷。

我抬起頭仰望天空，看到類似棉絮的白色物體飄落下來。

「下雪了。」

遠坂似乎已經打完招呼，不知何時來到我旁邊對我說。

「真的耶。妳不冷嗎？」

「嗯，還好，不過這個地點比我想像的更好，讓我有點驚訝。」

「的確，這裡應該會有很多人來聽吧。妳會緊張嗎？」

「我也不知道。我基本上不太會緊張，不過……」

「不過？」

我催促她說下去，她便露出像是在苦笑、但還是顯得很高興的笑容說：

「我沒想到自己竟然會在平安夜，而且是在這麼大的耶誕樹旁邊唱歌。」

看到她的笑容，我不禁也跟著微笑。

到了開演時間，遠坂便前往舞台後方。

第一位演出者出現在舞台上，充滿活力地開始對觀眾說話。

由於地點很好的關係，有許多人注意到在舞台上說話的人，停下腳步。

歌曲與演奏開始了，這是一首輕快的英文耶誕歌曲，可以說是經典中的經典，內容唱著相較於禮物，我更想要得到你。

此刻在台上唱歌的女性大概是大學生左右的年紀，英文發音很好，演奏技術也很純熟。

受到歌聲的吸引，有越來越多的人聚集過來。為了避免妨礙別人，我從稍遠的地方觀望舞台。

十五分鐘的表演時間很快就過去了，唱完三首和耶誕節有關的英文著名歌曲之後，第一位演出者便鞠躬下台。

站前響起熱烈的掌聲，觀眾大概有三十人左右，雖然這樣已經很多了，不過聽說到最後會有將近一百人，所以應該還會繼續增加。

我繼續注視舞台，在第一個女生下台之後，就換成遠坂上台。

即使從遠處觀望，也看得出來觀眾為遠坂的美貌感到驚訝。

遠坂沒有說話，鞠躬之後就開始演奏吉他。

她照例閉上眼睛，演奏出纖細的前奏。

她唱的是日本男歌手的經典耶誕歌曲（註三）。

今天不是像歌詞那樣從深夜開始下雪，而是從傍晚時分就開始下了。

前一位演出者唱得也絕對不算差，但遠坂的歌聲雖然清澈卻具有強烈的震撼力。或許也是因為寒冷的關係，我起了雞皮疙瘩。

遠坂的歌聲迴盪在熙熙攘攘的平安夜站前。

正因為隔著一段距離，更能了解到周遭的反應。路過的行人幾乎都注意到她的歌聲。停下腳步聚集到耶誕樹旁演唱會場的人越來越多。

主要歌手還沒有上台，但四周已聚集將近一百人的人群。

「即使歌唱得好，也只能當作逃避的手段而已。」

她以前曾經對我這麼說。

閉著眼睛唱歌的遠坂，是否已經發現到了呢？

現在有這麼多的人在傾聽妳的歌聲。

她一定沒有發覺到吧？或許甚至沒有想像過會有這種事。

不過妳的歌聲就是具有這麼大的力量。

遠坂唱完第一首歌，緩緩張開眼睛，超過一百人為她熱烈鼓掌。

這時我清楚地看到遠坂驚訝的表情。

還有她接下來情不自禁地露出喜悅笑容的表情。

遠坂唱完剩下的兩首歌，主要歌手便上台了。

平安夜的演唱會在盛況中閉幕。

委託遠坂演出的主辦人非常高興，另外兩位演出者和工作人員也都稱讚了遠坂的歌聲。聽說他們在收拾完演唱會場地之後，預定到附近的餐廳舉辦慶功宴。

他們邀請我和遠坂一起參加，不過我們不想太晚回去，因此婉拒了。要跟他們一起去參加慶功宴的ＫＥＮ離去前說：

「綾音，妳今天唱得很棒，偶爾面對很多人唱歌也不錯吧？」

遠坂被問到這個問題，有些猶豫地停頓一下，然後回答「也許吧」。

ＫＥＮ似乎對這個回答感到滿意，露出得意的笑容。他舉起手朝我們致意，然後轉身去和正在等他的那群人會合。耶誕樹前方，只剩下我和遠坂兩人。

註三：這首歌應該是指日本歌手山下達郎的〈クリスマス・イブ〉，歌詞中預期平安夜下的雨到了深夜會轉變為雪。

在等待收拾的這段期間，不知不覺就已經七點了，回到家應該超過八點了吧。

「那我們回去吧。」

我開口這麼說，遠坂卻躊躇了一下。

「要不要看過耶誕節燈飾再走?這裡的燈飾很有名吧?」

聽到這個提議，我有些驚訝，也感到溫馨，覺得遠坂終究是個女孩子。

雖然擔心由我來陪她逛會不會不相配，不過遠坂在成雙成對的人群中如果單獨一人，應該也會寂寞，而且也可能會有人為了搭訕而接近她。

我對她點頭，她便露出放心的笑容。

我們兩人開始觀賞站前各式各樣的燈飾，林蔭大道洋溢著燈光與人們的笑容，以及平凡無奇卻彌足珍貴、無可取代的幸福感。

我偷偷瞥了一眼遠坂的側臉。她的表情很柔和。

「妳不用戴上鐵假面嗎?」

應該很少會有同學從我們住的地方特地到這裡來，不過也無法保證絕對不會被認識的人看到。為了保險起見，我這麼問她，而她發出苦笑。

「今天應該不用了。」

「是嗎？」

「沒錯。」

「對了，遠坂，妳在唱完第一首歌的時候也笑了吧？」

「嗯，對呀。」

「在那麼多人面前唱歌，感覺怎麼樣？」

遠坂沒有立刻回答，她抬頭仰望眼前妝點成耶誕節主題的行道樹。

「我感受到，原來自己比想像中還要單純。」

我不了解她的意思，用詢問的眼神看著她的側臉。

「雖然是翻唱歌曲，不過有那麼多人聽我唱歌，讓我感到很高興。那是在叔叔的餐廳沒辦法體驗到的場面。從第二首開始，我就唱得更開心、更興奮，連我都有點傻眼，沒想到自己單純到那種地步。」

就如遠坂所說的，要唱給那麼多人聽，並不是一般人能體驗到的場面。

除非是職業歌手，否則幾乎不可能碰上這種機會，就算機會來臨，能不能用歌聲感動他人，又是另一回事。

從今天的經歷，我再次確信遠坂是有才華的。

她的才華不應該被埋沒在鄉下的小鎮。

這樣的才華，應該可以改變她的未來

——你可以毫無問題地閱讀文字，腦筋也很好。你的前途一片光明，跟我不一樣。

——就算會唱歌，也只能當作逃避現實的手段而已。

她曾說過的話，再度閃過我的腦海。

不同於我的想法，她似乎完全不認為自己有什麼才華。

像她這樣的人竟然會在我身旁，讓我不禁感到好笑。

只能待在鄉下小鎮的我，身旁站的是不能待在鄉下小鎮的她。

怎麼會有這樣的對比？

我們彷彿跟隨燈飾的引導，繼續向前走，不久便看到巨大的花朵。

以燈飾點綴的摩天輪宛若綻放在低空的煙火，閃閃發光。

這台摩天輪大概算是中型，不過在市區看到摩天輪，感覺滿奇妙的。

「如果要搭摩天輪，應該會沒辦法回家吧？」

遠坂似乎也在注視同樣的東西。我對她點頭說：

「應該吧，今天應該要排很久才能搭到。」

「我從來沒有搭過摩天輪。」

「妳這麼說，我就想到我也沒搭過。」

「要不要去搭？」

「不行，會趕不上最後一班車。」

「那就等天亮再回去吧。」

「妳別開玩笑了。」

「不過哪一天，我們一定要去搭摩天輪。可以選在耶誕節期間。」

「妳說『哪一天』，卻要指定耶誕節嗎？」

聽到我的回應，遠坂便開心地笑了。

接著她再度轉向我，臉上泛起靦腆的笑容並低下頭。

過了片刻，她抬起頭，看著我說：

「謝謝你……總是幫我的忙，因為你的鼓勵，我今天才能發現新的自己。因為你跟我一起寫歌，幫助我準備考試，我才能參加今天的演唱會。」

她的眼睛比平常更漂亮，綻放著光芒。

我不知道應該以什麼樣的態度面對她，有點困窘地笑了。

這時她說「啊，對了」，然後從吉他盒上的大口袋拿出某樣東西。我看到先前看過的包裝紙，不禁感到驚訝。

那是遠坂之前在禮品店買的禮物。

「這個其實是為你買的，給叔叔這種東西，我會覺得很不好意思，所以……給你。」

我以不敢置信的心情收下這份禮物，遠坂竟然會為了我……

我鼓起勇氣，從自己的包包裡拿出相同包裝紙的禮物。

「老實說，我逛那家店的時候，也不是在找送奶奶的禮物，而是在考慮要不要送妳什麼禮物。別誤會，我沒有什麼特別的意思。」

遠坂雖然顯得驚訝，不過還是收下我遞出的禮物。

我們彼此都知道裡面裝的是什麼。兩人一起拆開禮物。

如我所預期的，是手帕。但是……裡面還裝了別的東西。

「這是詩集？」

禮物除了手帕之外，還有一本詩集，不知道是什麼時候放進去的。這是活躍於昭和初期的知名女詩人的詩集，或許因為是新版，裝訂很漂亮。

「嗯，老實說，受到你的影響，我前陣子開始讀詩集了。詩的字數比較少，也可以當作是閱讀訓練，所以……雖然你可能已經有這本書，不過如果你願意收下，我也想送你一本。這是我在去那家店之前在書店買的，然後在買手帕時，請店員一起包進去。」

人與人活在這世界上，就會彼此交流，這也意味著我們在生活中，都會或多或少受到彼此的影響。

沒想到我竟然也會影響到遠坂……

我向她道謝，接著默默注視她送我的禮物。

遠坂靦腆地笑了笑之後，也注視著我送她的手帕。

她把繡有那個角色的手帕輕輕抱在胸前。

我的心跳加速，無法抗拒地自覺到某件事。

我……也許愛上了遠坂。

從黑暗的天空到光彩奪目的地面世界，宛若突破大氣般，有某樣東西飄落下來。

都市的雪從天空緩緩飄落，但不會留下來。

我的感情緩緩地從心底湧現，但也不能留下來。

我畢生都不會忘記和遠坂共度的這個平安夜，絕對。

第三章　各自的明天

1

寒假結束，高二的第三學期開始了。
到了這個時期，我和遠坂仍舊繼續在寫歌。
即使在耶誕節前夕交換過禮物，兩人之間的關係也沒有產生劇烈變化。
不過在進入第三學期後過了一陣子，遠坂就開始用我的名字——春人來稱呼我。
「一直稱呼姓，感覺好像太客套了，稱呼名字感覺比較自然。」
她都這麼說了，我也無從反駁。在她的敦促之下，我也開始稱呼她為綾音。
二月初，全國高中文藝比賽的結果出爐。
我在詩歌部門獲得優良獎。一年級的時候是入選，二年級得到優良獎。雖然沒有達到高一等的優秀獎或是更高的最優秀獎，不過這樣的進步速度也符合自己的步調。

鼓勵我參加比賽的導師為這樣的結果感到驚訝，藤田老師也相當興奮。

「春人，恭喜你！這是送給你的慶祝禮物。」

綾音得知結果之後也替我高興，次日在社辦遞給我某樣東西。

我打開包裝，看到裡面是看似手工製作的巧克力。

「喔，原來如此，那個節日也快來臨了。」

「才不是！跟情人節一點關係都沒有，這只是慶祝比賽結果的禮物。」

我當然也知道這只是人情巧克力，不過看到她強烈否認的樣子，忍不住就笑出來。

「這麼說，我也不需要送妳白色情人節的回禮吧？」

「……你可以送我，作為感謝我平日照顧的禮物。」

「好好好，為了表達妳平日對我的種種照顧，我會去準備禮物。」

「你的態度未免太隨便了吧！」

兩人在班上依舊是孤立的，但在放學後的社辦，卻能像這樣彼此開心談笑。我們也持續寫歌，並在瑪莎義大利小館發表這些新歌。

如果能一直和綾音過著這樣的生活就好了。

但這是不可能的願望。

高二接近尾聲，我們就得面對未來出路的問題。

到了三月，學校在舉辦期末考的同時，也會實施志願調查。

我們高中雖然不是明星學校，不過幾乎所有學生都還是會繼續念大學或短期大學。

但我卻不一樣。我的志願是在高中畢業後，進入鎮公所工作。

那麼綾音呢？

我在社辦準備考試時問她這個問題，她的回答仍舊跟先前一樣。

「我打算去工作，這樣才能早點回報叔叔。」

「這樣啊。那妳打算找什麼樣的工作？」

「我目前還在考慮當中。我沒辦法從事以處理文字為主的工作，不過如果是其他工作的話，應該就可以勝任吧？」

綾音因為有閱讀障礙，認知文字會有困難，這個問題在她選擇職業時也如影隨形。

「可是在那份志願調查裡，必須填寫三個想要從事的職業類別，所以我正感到煩惱。我能做的事很有限，所以根本想不出三個志願。」

我們盯著從書包拿出來的志願調查表。到了這個時期，調查表的內容開始變得具體，要填寫的欄位也變多了。

我試探性地詢問同樣拿著調查表的綾音：

「妳要不要乾脆把演藝工作也加進志願裡？」

「演藝工作？你是指……」

「如果演藝工作感覺太籠統，或許也可以寫上歌手。妳可以把唱歌當成工作。」

綾音有唱歌的才華。

我曾經對她說過，妳的歌能夠為妳改變現實。

我至今仍舊對此深信不疑，甚至成為更為強烈的願望。

但綾音卻謙虛地說「不可能的」，不肯認真接受我的提議。

「可是後天應該就要交出去了吧？」

「是這樣沒錯……唔~反正也只是為了充數，如果只是寫上去的話，應該沒關係吧？」

似乎只是為了填補空白，綾音緩緩地在第三志願寫下「歌手」。

「感覺好像只有這一項變得好像小學生的夢想，一點真實感都沒有。」

我當然也不認為這種小事會成為改變命運的原因。

不過這件事也帶來了明確的變化。

一星期後，綾音在放學之後被導師叫去，原因就是出在這項志願。

「討厭，我只是開玩笑寫上去的，結果卻成為麻煩。春人，都是你害的。」

「妳說開玩笑……該不會是指當歌手的事吧？」

「沒錯，老師個性太認真了，他竟然很高興地對我說，能夠找到想做的事真的很棒。他也特地查了學校招生說明會的日期，告訴我春假會有音樂專門學校的說明會，要我去參觀看看，甚至還說他可以陪我一起去，跟校方談閱讀障礙的問題。」

老師這樣的熱誠與體貼，對我來說也是很熟悉的。

鼓勵我參加文藝比賽的正是這位老師，而且在下週預定舉辦的三者面談（註四）時，老師顧慮到我的祖父母年紀都很大，還因此特地要到我們家來。

「原來要當歌手，還有去專門學校這條路。」

「嗯。不過到頭來，好像還是要通過唱片公司的徵選才行。」

「這樣啊，還要通過徵選……」

這時我覺得好像很模糊地掌握到某種線索。

即使不進入專門學校，應該也能夠參加徵選才對。

那麼如果綾音可以直接去參加……

我正準備要提出這個建議，綾音便深深地嘆了一口氣。

「我當然拒絕讓導師同行，不過他對我說至少去看看吧，所以我就決定要去參加學校說明會了。一個人去有點那個，所以你也要負起責任，陪我一起去。」

就這樣，我和綾音決定要在春假一起去參觀那所專門學校。

2

兩人同心協力通過高二期末考之後，學校說明會的日子來臨了。

我和綾音搭乘電車前往市區。

和煦的春日陽光照射著我們的背部，我忽然瞥了坐在隔壁的美女一眼。

「綾音……妳今天是不是特別花心思打扮？原來妳也會穿這種輕飄飄的裙子。」

「難得有這個機會，有什麼關係？」

春假開始之前，綾音還一直抱怨被迫參加學校說明會，可是到了這一天，她卻顯得有些

註四：三者面談是學校定期舉辦的面談，由校方老師、監護人及學生共同參與，通常會討論學生在學校及家庭的情況，以及未來的出路。

難掩興奮之情。

「啊，對了，春人，你今天有時間嗎？學校說明會大概三點結束，在那之後陪我去逛街吧！都是因為你，害我被迫要去參加，所以你應該會答應吧？」

她之所以心情很好，也許是因為可以趁機到市區逛街。

「好好好，我知道了，要不要順便請妳吃點心？」

「真的？那我有想去的地方！我們趕快參加完學校說明會，然後一起去到處吃吧！我想吃蛋糕、可麗餅還有冰淇淋。」

「妳雖然看起來酷酷的，不過像這種地方果然還是個女孩子。」

那所音樂學校就在之前去街頭演唱的車站附近。

在報到之後，我們被帶到一間很大的教室。上午的說明會都在這裡進行，由講師說明學校特色與本校畢業的藝人，接著由來賓進行特別演講。

此刻正在演講的是來自知名唱片公司的男性。他以有些慵懶的態度，談著專業人員需要具備什麼樣的條件。

「在這間學校學習到專業知識之後，要通過徵選第一階段應該就不難了。不過在第二階段之後會面對製作團隊，接受更詳盡的審查。在那樣的場合，重要的就是要不怯場，發揮超出自己實力的力量。」

演講內容很普通，不過我注意到另一件事。在受邀進行特別演講的人當中，也有去年主辦平安夜演唱會的人。

我記得他應該是地方上音樂業界的人。他似乎發現了綾音，顯得有些驚訝。

不久之後，從演講進入實際演練，當場開始進行簡單的徵選。

自願參加的人在現場清唱任何歌曲，由唱片公司的人進行審查，並提出評語。有幾個人很主動地參加。

「好的，謝謝。你應該很會唱卡拉ＯＫ，在班上很受歡迎吧？你的音準不錯，不過還沒有把這首歌變成自己的歌，所以或許可以多累積現場演唱的經驗。」

為了避免傷害參加者，評語都是像這樣不置可否的意見。

這時那位地方音樂界人士在唱片公司的人耳邊說了些話。

「那麼接下來由我們來指名吧！最後一排那位長頭髮的女生，要不要來試試看？」

被點名的是綾音。她顯得有些困惑，用一副好像在問「怎麼辦」的表情看我，不過既然被點到就沒辦法了。她不太情願地站起來，豁出去開始唱歌。

她唱完之後，偌大的教室悄然無聲。大家都說不出話來。

「妳……也許應該立刻從我們公司出道吧？」

唱片公司的人說出不知是開玩笑還是認真的評語。

上午的活動結束之後，我和綾音到外面去吃午餐。

我感覺到剛剛似乎發生了天大的事。唱片公司的人被綾音的歌聲震撼，參加學校說明會的人似乎也都目瞪口呆。

可是此刻的綾音似乎完全沒把它放在心上，為了別的事在興奮。

「春人，我們找間漂亮的咖啡廳吃午餐好不好？」

雖然內心感到混亂，我還是勉強回答：

「妳待會不是打算去吃各種甜點嗎？那應該先克制熱量，吃得簡單一點吧？去便利商店買三明治之類的也可以。」

「不要～～那樣太無聊了。熱量的話，在回去的路上到ＫＴＶ唱唱歌，就可以消耗掉了，那個可以由我來請客。」

綾音愉快地說完，當場就開始使用手機語音查詢功能尋找咖啡廳。

難不成綾音根本沒有把唱片公司的人對她的評語當真？

就算不是百分之百認真的，不過對方無疑對她的歌聲驚訝，也感受到她的才華。

今天來參加招生說明會真的是來對了，綾音果然是有實力的。趁這個機會，或許可以跟她談談參加徵選的事。

「對了，綾音。」

當我在學校門口準備要對綾音說話時，忽然感覺到有人在看我們。雖然不願相信，但我轉頭看到的是熟悉的臉孔。他們正得意洋洋地嘻嘻笑。

「果然是綾音。哈囉～妳穿便服也很可愛嘛～」

開口說話的是別班那群引人注目的小團體的人，他們先前曾經想要強迫綾音參加文化祭的演唱會。

「沒想到會在這種地方遇見妳。我們到附近的學校參加招生說明會，今天早上就覺得好像在車站看到跟妳很像的人。綾音，妳要上這間專門學校嗎？這是音樂方面的學校吧？」

這次代表發言的又是那個身高跟我相仿的男生。他完全忽視我的存在，只跟綾音說話。

「請不要來煩我，再見……春人，我們走吧。」

綾音似乎也沒有想到會在這種地方遇到他們。她雖然有些驚訝，但立刻戴上鐵假面，以冷淡的眼神和聲音回應對方。

她轉身要跟我一起離開，但開口搭訕的那個男生卻不以為意，繼續說：

「妳還是這麼冷淡。不過，沒想到妳竟然是個愛做夢的人，妳想要當藝人嗎？真帥呀。」

綾音不理會對方挑釁的言語，默默地繼續向前走。

「對了，那個傳言是真的嗎？」

聽到這句話，綾音停下腳步回頭。

「啊，也不是什麼大不了的事，我只是聽一個自稱是妳小學同學的女生說了些事情……綾音，原來妳沒辦法像正常人那樣閱讀文字啊？」

綾音的表情雖然沒有變化，但看起來似乎有些緊張。

她張開小小的嘴巴，似乎想要回話，卻又猶豫地閉上了。

這樣的態度已經足以讓對方做些聯想。

「看妳的反應……喂，該不會是真的吧？我還以為是因為妳長得太可愛，遭人嫉妒才被這麼說。原來是這樣啊，不太正常吧？現在也一樣嗎？該不會是得了什麼病？將來不要緊嗎？」

綾音的神情變得銳利，這回頭也不回地離開了。

那個男生發出嘲諷綾音的笑聲，最後說：

「希望妳能當上藝人，扭轉自己的人生。我會為妳加油喔！」

我忍不住握緊拳頭，朝著嘻皮笑臉的那群人踏出一步。

「像這樣取笑人，你們覺得很有趣嗎？」

「哇，空氣說話了。這不是有不有趣的問題，是綾音自己先讓我們出糗的。我們好心邀請她加入樂團，可是她竟然拒絕了。」

「她不想參加當然要拒絕，她並沒有錯。」

「你說什麼？明明不是什麼咖，還這麼囂張！真噁心。算了，我們走吧。」

目送他們轉身離去之後，我開始尋找綾音的身影。我立刻找到她。她彷彿封閉在殼中，快步走在路上。

「綾音，妳不用在意那種人說的話。」

我走到她旁邊對她說。這世上為什麼有些人能毫不在乎地傷害別人？實在很難相信竟然會有那種人存在。

而且那傢伙只看了街頭演唱的影片，並不知道綾音真正的實力。

想到這裡，我心中就充滿不甘心，不禁未加思索就說出這些話：

「我有件事要跟妳說，我之前就想過，參加徵選是可行的方法。就算不上專門學校，也可以參加徵選吧？妳可以透過這個途徑成為歌手——」

當我說話的時候，綾音停下腳步。她以有些強硬的口吻說：

「你不用跟我說這些了。」

綾音低著頭，因此我看不到她的表情。

「綾音……」

我忍不住呼喚她的名字。她稍稍猶豫之後，迴避我的視線，繼續說：

「春人，像是歌手或徵選之類的，就像剛剛那個人說的，根本就是在做夢。我知道你沒辦法離開故鄉的理由，也知道你是為了爺爺奶奶，所以很尊敬你，可是你對我抱持這麼大的期待……老實說，感覺很沉重。像我這種實力的人，其實到處都是。」

綾音說的話帶給我很大的衝擊。

老實說，感覺很沉重——她竟然是這麼想的。

「我……原本很期待今天，想到可以在說明會結束後，跟你一起去逛街、逛咖啡廳。」

我在電車上聽她提議之後，內心也很期待。雖然也許不應該胡思亂想，但我卻稍稍想到，這樣簡直就像是約會。

不論是在今天，或是從更久之前開始，難道我都只是對綾音抱持太大的期待了嗎？

「我今天要先回去了。」

綾音對佇立在原地的我說出這句話，然後就頭也不回地離開了。

我感到茫然若失，但還是參加了下午的招生說明會，然後在傍晚來臨之前獨自回家。

3

春假仍舊持續著。我苦思良久之後，傳簡訊給綾音，告訴她我想再跟她談談。

綾音一直沒有回覆我，於是我決定在第四個星期五前往瑪莎義大利小館。

和平常一樣上台的綾音閉著眼睛唱歌，她應該發現到我來了，但即使是在歌曲之間，她仍看也不看我一眼。

所有的歌都唱完之後，綾音走下舞台，一直注視著我。

我在座位上等待，綾音換好衣服之後，就跟平常一樣坐到我對面的位子。

「你要跟我談什麼？」

綾音有些尷尬地開啟話題，我首先便向她道歉。

「對不起，我突然跑到這裡來。」

「沒什麼好道歉的，這裡是一間餐廳，誰都可以來。」

「這樣啊……謝謝。還有……如果妳覺得我太沉重，那我向妳道歉，真的很對不起。不過我希望妳聽我說——妳太低估自己了，妳是真的有實力，不是任何人都能唱得跟妳一樣，我希望妳能夠確實了解這一點。」

我如此斷言，綾音便以她那雙細長的眼睛看著我。

她沉默片刻，接著問我：

「春人，你能想像沒辦法正常讀寫文字的人，過著什麼樣的生活嗎？」

我以為她會瞪我，但她並沒有。此刻她的眼中閃爍著不安。

「我沒辦法做到大家可以理所當然做到的事，這種感覺很悲慘、很痛苦。所以我想至少找一份普通的工作，不是像歌手那種不穩定的工作，我想要在普通人之間，做普通的事——做跟其他人一樣的事。」

這無疑是綾音的真心話，我從她的表情和口吻可以推測出來。

我似乎總算稍微理解到綾音堅持從事普通工作的理由。

「而且……我並不怎麼相信自己的歌聲，我只是比別人稍微會唱一點而已。雖然有些憧憬，但是我不可能當歌手。在這間餐廳唱歌，對我來說剛剛好。」

而且綾音對於自己的歌聲，可以說是相當頑固地給予過低的評價。或許是因為無法被當成普通人看待的苦澀經驗，導致她給予自己的評價總是很低。

那麼，身為社團夥伴，我就應該要導正這一點。

關於就職也一樣，就算她想要找普通的工作，也未必能獲得錄取。雖然不容許發生那樣的情況，但如果她因為閱讀障礙而不被錄取怎麼辦？

我不想看到綾音因為那種事而受傷的樣子。

也因此，我才想提出另一種可能性。

「我不能說謊，說我完全了解妳的苦惱，不過我可以用想像的。我相信妳很難受，也知道妳執著當普通人的理由，但更重要的是，我希望妳相信自己是有才能的。就像在平安夜的演出那樣，妳可以用歌聲感動許多人，這是只有妳才能辦到的。妳並不需要把歌手當成唯一的出路，不過我希望妳至少能夠把它當成第三志願，認真考慮看看。」

「考慮什麼？」

「考慮參加徵選，成為歌手。妳要去參加的時候，我也會幫忙。」

對於我的提案，綾音露出畏縮的表情。我們無言地面對彼此。

「喂，綾音，可以打擾一下嗎？」

這時從背後傳來聲音。說話的是ＫＥＮ。他難得露出傷腦筋的表情。

「妳記得佐佐木嗎？就是平安夜站前演唱會的主辦人。我聽到你們好像提到徵選這個詞，所以想跟妳說一下，他說他想要推薦妳參加大型徵選。看樣子，他好像很中意妳。」

這件事會不會跟上次去專門學校有關？綾音似乎很訝異，看起來有些不知所措。

「妳去年受到佐佐木的照顧，而且這也是個不錯的機會。就像春人說的，妳至少可以去參加看看吧？」

綾音稍稍低下頭，過了片刻才回答：「讓我想一下。」

到了四月，我和綾音升上高三。

兩人因為都是就業組，因此被分到同一個班級。

在招生說明會之後，我們就停止創作歌曲，綾音也不再來到社辦。

在新班級當中，我仍舊被當成空氣，也許是那個引人注目的小團體暗中教唆的吧？不過他們這回不只是針對我，也針對綾音。

「遠坂綾音的傳言是真的，她大概是因為不希望自己無法閱讀的事曝光，才會拒絕我們的邀請。而且她似乎還夢想要當歌手，根本就不可能嘛！」

我目擊到他們像這樣到處說閒話，不禁覺得毛骨悚然。

這並不算是明顯的霸凌，卻是很低劣的手法，而且還很有效果。

過去學校裡的人都把綾音當作毫無破綻、高高在上的人物。

但這樣的看法稍微改變了，鐵娘子綾音出現了破綻。

「遠坂，聽說妳沒辦法閱讀文字，是真的嗎？而且，我還聽說妳想當歌手。」

某天下課時間，同樣屬於就業組、打扮有些花俏的幾個女生詢問綾音。

「跟妳無關，不要來煩我。」

「喂~妳這樣態度太差了吧？我只是問妳問題而已。話說回來，妳沒辦法讀字，是怎麼進這所學校的？是保送嗎？又不是演藝學校！」

她們以輕蔑的態度嘲笑綾音，這是以前沒有發生過的事。

我聽不下去，差點要插嘴，不過還是努力忍住了。

我可以想像到，如果我替綾音說話，她們就會把我們之間的關係也當成八卦話題，更加嘲笑綾音。

「綾音，對不起，都是我害的，要是那天沒有參加招生說明會……」

那天放學後，我實在忍不住，便在走廊角落叫住綾音。

綾音有些悲傷地笑了笑，然後回答：

「我並不在意。而且有部分原因，也是因為我過去態度太冷淡了。春人，你最好還是不要跟我在一起比較好，要不然連你都會被嘲笑，說你陪我追求愚蠢的夢想。」

她落寞地這麼說，但我當然不可能放下她不管。

「對我來說，最重要的是妳，我才不在乎別人對我怎麼想。」

「咦？」

「啊，對不起，這樣說好像又太沉重了。」

我一時激動，不小心就說出噁心的話。想到也許又讓綾音感到不愉快，我就尷尬地不敢看她。

然而不知怎麼搞的，過了片刻，綾音卻似乎有些無奈地笑出來。

「春人，你還是多替自己想想吧，你是有前途的人。」

她的反應令我感到意外，於是我也含糊地笑了。

「不只是我，妳也有前途吧？」

「我……沒什麼大不了的前途。總之我只想在本地找一份工作，不管做什麼都好。」

綾音似乎無論如何都不打算成為歌手，她想找個普通工作的心願難道那麼強烈嗎？但或許不只是如此，她愉快地繼續說：

「然後如果可以像過去一樣，繼續跟你一起寫歌，那就再好也不過了。萬一真的當上歌手，就沒辦法跟你一起寫歌了。」

這句話讓我感到有些錯愕。

她想留在本地，跟我一起繼續寫歌，難道這就是限制她職業選擇的理由嗎？

我可以想像綾音描繪的未來，然而相對於綾音的潛力，這樣的選擇未免太渺小了。

「為什麼只為了那點小事……」

每個人追求的幸福不同，沒有人有權利批評。

然而我卻忍不住說出這種話。

在這個瞬間，綾音臉上的表情消失了。她臉上的表情超越驚訝，宛若靜止的水面一般。

她的嘴角痙攣了一下，接著表情變得兇狠。

「你說『那點小事』……是什麼意思？」

我無法回答。

「對你來說，就只是『那點小事』嗎？」

如果我對這個問題予以否定，會有什麼後果？此刻的我變得異常冷靜，當我感覺到自己正面臨重大的選擇，就立即將自己的意志排除在外。

如果我給她否定的答案，為自己辯解，告訴她我也渴望那樣的生活……那麼或許我們就可以在這座鄉下小鎮一起生活……那樣的未來或許也不錯。

但那真的會替綾音帶來幸福嗎？

「春人，你說話呀！」

我的心意或許太沉重而自以為是，但我相信綾音如果能成為歌手，或許就不會再為她煩惱源頭的閱讀障礙而受苦了。

所以……

「對我來說，的確只是『那點小事』。」

我壓抑自己的感情，明確地說。

「所以我希望妳不要被那麼小的妄想囚禁，應該去參加徵選。」

我彷彿聽見在自己心中，兩人之間累積的一切瞬間瓦解的聲音。

悲傷比我想像的程度還要大。

綾音聽到我的回答，瞪大眼睛。

我有生以來第一次明確地傷害了別人，我明明那麼厭惡這樣的行為。

「……這樣啊，原來……如此，只有我覺得開心嗎？」

綾音停頓很久，才喃喃地這麼說，她的肩膀在顫抖。

「你走吧。我不想再看到你的臉了。」

被她這麼說，也是我自找的結果。

「妳願意去參加徵選嗎？」

「你還在說這個？好啦！我知道了，我會去參加，所以……」

這一天，綾音再度戴上原本只有在我面前脫下的鐵假面。

「你不要再來管我的事了。」

4

從次日開始，我們不再是社團夥伴或朋友，恢復為沒有任何特別關係的班上同學。

綾音在學校的任何地方，都不會改變表情。

不論那些花俏的女生對她說什麼，她都完全不加以理會。

她們似乎很不滿意綾音這樣的態度，因此引發了一些小爭執。碰到太過分的情況，我也會出面制止，結果有一陣子連我也成了霸凌標的。黑板曾被寫上我和綾音很惡劣的壞話，引發了一些問題。

『綾音去徵選的時候，預定要用跟你合寫的原創歌曲。』

在這段時期，ＫＥＮ聯絡了我，給我這樣的訊息。

看來綾音遵守和我之間的約定，答應要參加徵選。

到了下個月，我得知綾音通過照片和原創歌曲的第一次審查。

但綾音卻連這種事都不告訴我。

仔細想想，這也是理所當然的，我們已經是毫無關係的外人了。

不知不覺中已經進入六月，夏天即將來臨。

到了這個時期，校園裡就會如火如荼地為運動會做準備，綾音被班上女生指派雜務，並擔任大家都不想參加的八百公尺賽跑、障礙跑等競賽的選手。

我看不下去，因此也陪她處理雜務。這些雜務通常都是傍晚之後的收拾工作，其中也包括收拾和運動會無關的零食包裝和寶特瓶等。

「水嶋，是我被交代要做的，跟你無關。」

這樣的工作量要一個人處理實在是太多了。除了替服裝組收拾教室之外，還要替在外面練習的加油團收拾，而且是每一天。

我不理會綾音的抗議，在教室內展開垃圾袋。

「我不是說過，不要再來管我的事了嗎？」

「是我自己高興要做的，妳不用在意。」

「……水嶋，你想做什麼？你到底想怎麼樣？不要再管我了。」

我覺得自己遭到強烈拒絕，內心感到痛楚，但這也是我自找的。

我默默地收拾。布片上面似乎殘留著服裝用的針，差點刺到我的手指。

「遠坂，小心上面有針，如果被刺到、不能彈吉他就麻煩了，還是戴上工作手套吧。」

「距離吉他審查還很久，所以沒關係。」

「如果受傷的話還是會產生影響吧？對了，那個……徵還進行得怎麼樣？還順利嗎？」

「你已經不是我的社團夥伴了，跟我沒關係，我沒有理由要告訴你。」

「這樣啊，對不起。」

「不要道歉。這全都是春人……是水嶋自己造成的吧？」

現在的我們已經不是社團夥伴，能夠像這樣說話的時間，就只有在做雜務工作的時候。

兩人正要走出去時，剛好遇到別班那群引人注目的小團體成員。
「處理雜務辛苦了。對了，今年的文化祭演唱會，我們不會再邀妳了，放心吧。」
他們對綾音這樣說完，就笑著離開了。
到了文化祭舉辦的十一月，一定會有很多事發生變化吧？
今後的我們不知道會變成什麼樣子。
我們在校舍入口換上鞋子，去外面收拾加油團製作的旗幟和牌子。
這裡沒有我們班的人，只有留下來努力製作牌子的別班學生。
幾個人拿著沾了油漆的刷子，同心協力要完成一樣東西。
「水嶋……」
兩人一起觀望這幅景象時，綾音難得主動開口。
「你跟我在一起寫歌的時候，有稍微感到開心過嗎？」
我雖然有些猶豫，不過還是老實點頭。
「嗯，我每天都很期待前往社辦。」
我以為這個話題會繼續發展下去，但綾音卻沒有再說話，默默地收拾場地。
『第二階段審查也通過了，春人，你沒有聽說嗎？』

當天晚上，KEN告訴我綾音的徵選進行得很順利。

在接下來的幾天當中，我繼續陪綾音一起處理雜務工作。

「你不要再來了。」

「這樣的份量不是一個人能夠處理的，我已經跟老師說過，讓我也來負責雜務工作。」

「……為什麼？我搞不懂，水嶋，我搞不懂你在想什麼。你明明否定了跟我的關係，可是，可是……」

我們之間的關係雖然沒有修復，但這一點跟她的未來應該一點關係都沒有。

「你們之間是不是發生了什麼事？」

KEN第一次約我見面，是在距離運動會只剩幾天的星期二。這也是我第一次在沒有現場演唱的日子來到瑪莎義大利小館。KEN在吧台座位喝酒，我坐在他旁邊喝自己點的果汁。

「也沒什麼大不了的。」

「怎麼可能！徵選雖然好像滿順利的，可是綾音沒什麼精神；春人，你也一樣。你們一定是發生了什麼事吧？」

我原本想矇混過去，但KEN是真心在替我們擔心，因此我無法對他說謊。

「……都是我不好，我踐踏了綾音對我的信賴。」

或許是這句話聽起來太誇張了，ＫＥＮ稍稍瞪大眼睛。他喝了一口酒，問我：「怎麼說？」

「我發現是我的存在妨礙了綾音成為歌手的路，我希望她不要在意我們之間的關係……結果就說出非常過份的話。」

雖然感到猶豫，不過我還是說出自己和綾音之間發生的事。

我也告訴ＫＥＮ，我把綾音很珍惜的事說成「那點小事」，並談到關於綾音就業的事。

「其實，我真的很重視綾音，但我不希望她因為我的存在，限縮了自己的可能性。她應該擁有更美好的未來才對。」

我說到這裡，ＫＥＮ沉默了片刻。

「我大概了解狀況了。不過既然這樣，你只要告訴綾音你有多重視她就行了。這麼一來，至少綾音的表情應該也會好看一點。」

這個問題有點困難。我現在把綾音看成比朋友更重要的人，如果對她說這種話，或許會不小心把自己的愛意也傳達給她。

綾音需要的是未來，而不是我對她的愛意。

「人與人之間的溝通好難。如果是寫信的話，或許就可以把自己的想法更直接地傳達給對方……」

「是嗎？嗯，也許吧。」

「而且我的目的不是要和綾音和好。就算不能恢復到以前的關係，只要綾音成為歌手，用她的歌聲帶給許多人歡樂，而她自己也能過得快樂……沒有任何煩惱，能夠對自己的人生感到滿足……」

我說到這裡，忽然覺得自己說太多了有點噁心，不免自嘲。

「這是愛吧。」

ＫＥＮ嘲弄我。談到這裡兩人的杯子都空了。ＫＥＮ連我的份一起追加了新的飲料。

我們邊閒聊邊等飲料，不久之後一名長髮的店員把杯子放到吧台上。

「咦？怎麼會……」

看到這名店員，ＫＥＮ大吃一驚。我也不自覺地抬起頭……看到身穿白襯衫與黑褲子、店員打扮的綾音。

「妳……今天不是放假嗎？」

「我只是有點累，比較晚到而已……為什麼春人會在這裡？」

綾音有些不自在地看著我。我並不知道綾音會在平日來店裡幫忙，不過也許只要稍微多想一下，就能想像到這樣的情況。

「我有事想要跟他談，所以就把他找來了。對了，綾音，妳……從什麼時候來的？」

「……剛剛來的。怎麼了？你們在談什麼不想讓我聽到的事嗎？」

「也不是這樣。」

ＫＥＮ朝著我苦笑，然後對我說：「今天喝完這杯就回去吧。」我喝了ＫＥＮ請我的飲料，過一陣子就回家了。

次日放學後，我和綾音仍繼續處理雜務工作。不過綾音顯得有些不自在。有好幾次她似乎想要跟我說什麼，但又閉上嘴巴。這樣的情況持續了幾天。

不久之後，舉辦運動會的星期六來臨。當天的雜務工作沒有很多，不過綾音光是上午就要參加三項競賽。

大概從障礙賽跑結束之後，綾音走路的方式就變得有點奇怪。

「遠坂，不要緊嗎？」

我看到綾音走向沒有人的地方，不禁在半路上叫住她。綾音的表情變得僵硬。我低頭看她的腳，發現她的腳踝附近好像腫腫的。

「沒事，你不要管我。」

「這種事不能不管吧？」

幸好周圍沒有會起鬨的傢伙，因此我便背著綾音到保健室。她似乎是輕微地扭傷，保健老師處理之後，吩咐她要好好休息。

這時我發現綾音的表情變得凝重。

「怎麼了？妳的臉色好像不太好。」

綾音似乎遲疑了一下要不要回答我的問題，不過最後還是告訴我：

「我……明天要到東京參加第三階段審查，到時候要彈吉他唱指定曲……不過我有點擔心扭傷的傷勢。」

我很訝異綾音竟然願意告訴我徵選的事。我勸她搭車回家，但綾音說她不想要造成正文先生的困擾，因此決定在保健室待到放學之後，等保健老師有空之後再離開。

下午有綾音預定要參加的八百公尺賽跑。我去通知工作人員說我要代替她參加時，班上那群打扮花俏的女生不知從哪裡得到的消息，出現在我面前。

「只是扭傷應該可以跑吧？搞不好只是說謊想休息而已。」

接著她們說要去探望綾音，前往保健室對她冷嘲熱諷。我在現場想阻止她們，結果她們的攻擊目標照例轉向了我。

雖然發生了許多麻煩的事，不過最後總算安全度過運動會。

運動會結束時，我拜託保健老師開車把綾音送回家。

我讓綾音扶著我的肩膀坐上車之後，準備要目送車子離開，副駕駛座的窗戶卻被拉下來。

「呃……今天謝謝你。」

我想起二年級時，綾音被學姊糾纏的時候，我出面幫她說話，在離別時她也曾像這樣對我道謝。

我想起懷念的往事，不禁脫口而出：

「希望明天的徵選一切順利。」

我原本以為她會以強烈的語氣回我，但她卻只是默默注視著我。

「……嗯。」

車窗拉起來，載著綾音的車便離開了。

我抬起頭仰望染上暮色的天空，內心祈禱明天的審查能順利結束。

過了一個晚上，次日因運動會而疲勞的我在電話鈴聲中醒來。

我看到螢幕大吃一驚，打來的竟然是綾音。雖然感到困惑，但我還是急忙接起電話。

『春人……怎麼辦？徵選也許沒希望了。』

綾音的聲音在顫抖，從她背後傳來類似新幹線行駛的聲音。

「什麼？……發生什麼事了？」

『我好像把樂譜放在家裡的桌上了，然後，呃……』

綾音似乎有些慌亂。我為了釐清狀況問她問題，才知道她剛剛發現自己把審查用的指定曲樂譜忘在家裡。

『雖然記得聽過的曲調，不過如果沒有自己的譜，我沒有把握能夠正確演奏。唉……早知道會忘記，我昨天就不應該在睡覺之前重新看一遍的。我今天比預定時間晚起，再加上扭傷之後走路會比較慢，所以想說要趕快出門……』

我之前也曾看過好幾次她的樂譜。為了方便自己閱讀，綾音會在樂譜上用顏色或符號做各種標記。那份樂譜應該是無可取代的。

或許因為如此，綾音的聲音聽起來意志消沉。她會特地打電話給我，想必是受到太大的打擊。也許她有預感，徵選在此就要結束了。

『對不起，多虧你還特地鼓勵我。』

綾音的聲音相當虛弱，讓我聽了都感到悲傷。

不過要放棄還太早了。我連忙確認時間，看到現在才十點半。

「審查幾點開始？」

『審查？從下午三點開始。』

那麼應該還有辦法才對。

我想到或許可以拍下樂譜傳給她，但是手機螢幕的畫面太小了。

我也和綾音討論了其他方案，最終了解到由於樂譜上做了密密麻麻的記號，因此一定要有實際的樂譜才行。

那麼……直接送去怎麼樣？從這裡到東京，應該要花四小時左右，而且這還是轉乘順利的情況。不過如果放棄的話，一切就結束了。

「綾音，妳可以聯絡正文先生嗎？請他把樂譜帶到瑪莎義大利小館附近的車站。我會去拿那份樂譜，替妳送到東京。」

『不可能的！也不知道來不來得及。』

「不試試看的話，就不會知道了。而且妳打算這麼輕易就放棄嗎？或許妳只是因為我的勸說，心不甘情不願地參加徵選，可是妳一直努力到現在吧？」

我設法要用言語鼓勵她，她便沉默片刻。

『……我知道了，我會趕快聯絡叔叔。』

我把身邊所有的錢全都放入錢包裡，然後匆匆換衣服，騎腳踏車前往目的地的車站。

一到達車站，把腳踏車停入停車場，我就聽見巨大的汽車引擎聲。

一台黑色跑車停在車站前面，駕駛座上的ＫＥＮ探出頭。

「春人上車吧！這站只有普通車會停，一定來不及。我開車載你到大車站。」

我聽從他的指示，繞到副駕駛座的車門坐上車，ＫＥＮ發動車子。

他在車上告訴我，擅長開車的他接到來自正文先生的聯絡，特地前來載我。ＫＥＮ把綾音需要的樂譜交給我。

「ＹＯＳＨＩ現在正在調查詳細的轉乘方式，電話打來的時候就拜託你了。」

車子從鄉間道路往國道前進時，ＫＥＮ的手機響了。

我代替他接起電話，聽到貝斯手ＹＯＳＨＩ以慢條斯理的語調說話。

『哦，是春人啊。我先講結論：如果沒有搭上十一點三十分的新幹線，就來不及了。現在要到新幹線停靠的車站轉乘，也不知道來不來得及，所以你告訴ＫＥＮ，請他加油，現在只能開車到新幹線的車站了。』

我把YOSHI的話轉告KEN，他露出無敵的笑容。

他的愛車屬於老車，車上沒有搭載導航系統，於是我利用手機應用程式向他報告路況，讓他飆速開到新幹線停靠的車站。

我的心跳劇烈到疼痛的地步。應用程式顯示的預計抵達時間超過十一點半，但藉由順利迴避塞車路段、選擇紅綠燈較少的道路，抵達時間不斷縮短。

我們終於到達新幹線停靠車站附近，卻被捲入市區繁忙的交通。

我下定決心，告訴KEN我要從這裡跑過去，然後就跳出車子。

我不顧一切地往前跑，不畏懼他人投以奇異的眼光，奔馳在市區的路上。

在距離我要搭的新幹線發車只剩四分鐘的時候，我總算抵達車站內。

我擔心會趕不上，手很沒用地開始發抖。

更何況我過去從來沒有獨自搭過新幹線。我設法找到售票機，沒仔細看就先按下按鈕，心想只要在車上補票就行了。

我穿過驗票口拚命奔跑，然而面對眾多發車月台，不知如何選擇，不禁停下腳步。

冷靜，只要冷靜一定沒問題。我如此告訴自己，但腦中卻變得一片空白。

多虧大家的幫忙，我才能到達這裡……難道在最後的關頭，還是來不及嗎？

「請、請問往東京的月台在哪裡？我要搭乘不是每一站都停靠的列車！」

我詢問周遭的大人，總算知道該去哪一個月台，連忙邁開步伐。

所幸我要搭的新幹線正停靠在月台，當我上車之後，門就立刻關上了。

我全身冒汗，心臟依舊跳得很快。新幹線緩緩地前進。

趕上了……我趕上了。

我的小腿腫得很厲害，讓我不禁當場癱坐下來。

我檢查包包，看到樂譜確實在裡面，也沒有搭錯新幹線。

我想通知大家我上車了，這才發現綾音傳了大量簡訊給我。她一定是使用語音輸入功能，才能努力打出這麼多字。

『春人，真的很抱歉。』

『我對你的態度一直很差，可是遇到危機卻又找你求救。』

『我明明很排斥參加徵選。』

『可是現在卻覺得很開心。我很高興能夠努力挑戰，而且只有唱歌這項優點的我，似乎能夠逐漸獲得肯定。』

『不過你千萬不要勉強，真的很謝謝你。』

我一邊調整呼吸，一邊瀏覽綾音傳給我的這些簡訊。

奇妙的是，光是這樣，我就覺得自己得到了回報。

即便走上這條路，會讓綾音離我遠去……

我在東京車站和綾音碰頭，順利地將樂譜交給她。

「真的很抱歉，春人，我一定會把新幹線的錢還給你。」

「不用了。多虧大家幫忙，我才能及時趕上。而且我也打算觀光一下再回去，所以別在意。妳不用擔心我了，趕快去吧！」

「嗯……真的、真的很謝謝你。」

事實上，我並沒有多餘的錢可以去觀光，甚至沒有足夠的錢搭新幹線，只能花時間搭在來線回去。後來我撒的謊被綾音發現，被她怒斥了一頓。

不過在這個時候，我們也得以就先前的事彼此道歉。

「春人……那個，有很多事我必須道歉，可以的話，希望我們能夠和好。」

「我才覺得過意不去，說了那麼過份的話。我們和好吧！」

「那……要不要來握手？」

「綾音，妳和好的方式真笨拙。」

我們相視而笑，感覺總算回到招生說明會之前兩人的關係。

綾音順利通過第三階段審查。

在學校仍有人會找綾音麻煩，不過她完全不加以理會。

我們又開始在社辦聚會，一起念書，並克服期末考。

接著就是暑假。

對我們來說，這一年的夏天是改變自己人生的夏天。

暑假結束之後，就是公務員考試。我為了通過考試，付出了實際的努力。

另外為了參加文藝比賽，今年我也提早交出作品。

綾音則在暑假期間接受最終審查。

最終審查結束的次週，綾音邀我去海邊。

在那裡，她對我……

5

夏天的傍晚依舊很明亮。電車抵達濱海的車站之後，我走出驗票口。從遠方的山上傳來蟬鳴聲。我到車站外面，和在外面等候的綾音會合。

由於白天很炎熱，因此我們約定在傍晚碰面。黃昏的光線將綾音身上的連身裙染成了一片橘色。

我提著水桶，裡面裝了綾音說她想玩的煙火組合。

今天的目的，就是要和綾音一起玩煙火，另外也要問她最終審查的情況。

「像這樣兩個人一起在夏天去海邊，感覺好像情侶喔！」

從車站走向海邊的途中，綾音開玩笑地這麼說。這半年來歷經歌手徵選、運動會、期末考以及我的公務員考試準備，過得相當忙碌。

我感覺好像很久沒有像現在這樣，和綾音度過悠閒的時間了。

到達海邊時，太陽還沒有完全落下。鄉間的海邊幾乎沒什麼人，只有偶爾會遇到散步的人經過附近。

我想要找水龍頭，但附近沒有，因此我就用水桶舀了海水，然後開始準備點煙火。

綾音在一旁脫下鞋子，發出歡呼聲，享受沙灘與波浪的觸感。

「春人，你也來試試看吧！很舒服喔。」

「脫掉鞋子的話，腳會弄髒……好啦，好啦，我知道了！我知道了，所以別拉我！」

我差點穿著鞋子就被拉到海裡，只好跟她一樣脫掉鞋子，光著腳感受海浪。

綾音朝著我踢海水，濺起一片片水花。我也同樣回敬她，兩人都笑了。已經好久沒有和綾音度過如此輕鬆悠哉的時刻了。

我們一直玩到天黑，然後開始點煙火。

我原本打算先從手持煙火開始，但是綾音一開始就點了設置型的大煙火。數十道細細的火花發出類似雨點的聲響，氣勢十足地朝天空噴發。

「哇哦！原來這就是煙火！」

「妳太誇張了，難道妳沒玩過煙火嗎？」

「我只有遠遠地看過施放到天空的那種煙火，沒有自己玩過。」

我其實也沒有很豐富的經驗，不過還是進行了簡單的說明。

接著我們重新開始點煙火。這次先從稱作「芒草」的手持煙火開始。一如其名，這個煙火噴出宛若芒草花穗般長長的火花，將夜晚的海邊局部染成黃色與紅色。

「這就是夏季風情！」

「妳的口吻倒是完全沒有風情可言，妳從剛剛就怎麼了？」

綾音似乎真的是第一次自己玩煙火，顯得格外興奮。

我們玩了各式各樣的手持煙火。不過沒有多久，我的注意力就從美麗的煙火轉移到天真無邪玩著煙火的綾音的側臉。

綾音轉頭看我。她笑著對我說「好好玩喔」。我的胸口產生甜蜜的疼痛。

我體認到自己無法自拔地戀愛了。

快樂的時光仍舊持續下去，從設置型的煙火到最常見的線香煙火都玩遍之後，兩人坐在沙灘上眺望大海。波浪掃過沙灘發出的沙沙聲，填補兩人之間的沉默。

綾音先前還那麼興奮地嬉鬧，此刻卻像換了一個人般輕聲說：

「最終審查……聽說下星期就會知道結果了。」

我不知道該如何回答，默默地注視著她。

「這樣啊。」

我覺得她看來好像有點沮喪。難道在最終審查時失誤了嗎？不過看樣子似乎又非如此。

「老實說，我到現在還在猶豫……說這種話，你是不是又要生氣了？」

「妳在猶豫什麼？」

「當歌手，去東京。」

我必須很謹慎地選擇要說的話。在我沉默的時候，綾音繼續說：

「最終審查的時候，唱片公司的人再次強調，如果通過這個審查，就必須離開家鄉，獨自生活。有好一陣子沒辦法跟朋友家人見面，也沒有辦法……自由談戀愛。」

綾音參加的是大家都聽過的大型唱片公司的徵選。

在那裡被選中的新人歌手，當然不能鬧出緋聞。這一點也是早就知道的事。

我沒有回答，沉默不語，便感覺到綾音轉頭注視著我。

「春人。」

我聽著浪潮聲，轉頭看綾音的眼睛。

「如果我通過審查，去了東京……你要怎麼辦？」

夜晚的黑暗讓我產生錯覺，彷彿我和綾音之間沒有任何隔閡。

我希望綾音前往能夠充分發揮自己才華的世界。

而這樣的機會並不常出現。

我絕對不能妨礙她。

「不會怎麼樣。」

我簡單地回答，綾音便沉默片刻。

「春人，我就算去了東京，你也不覺得怎麼樣嗎？」

「我不是這個意思，但是我能做的，就只有目送妳離開而已。」

這時綾音說出意想不到的話：

「要不要乾脆還是別當歌手了？」

「為什麼？妳明明那麼努力。」

「因為……因為你不在東京。」

光是這句話，就讓我有些討厭自己。如果沒有我，她是否就能毫無牽掛地前往東京呢？不，這樣未免太自以為是了。我們一直以社團夥伴的名義，一起做了許多事，但今後她就變成一個人了，也許她是因此而感到寂寞。

「我的確不在東京，但是那裡有一般人無法體驗的演藝圈世界。也許妳是擔心自己在東京會想家，所以才會感到寂寞吧？不過我猜妳去那裡之後，應該很快就會習慣了，妳不需要再偽裝自己，也一定能夠交到朋友。」

我有條不紊地告訴她，她便低下頭。

「我不是擔心想家，也不是想要交朋友。」

她說到這裡，就沒有繼續說下去。我差點也跟著沉默。

然而面對這個場面，我必須把話說得很明白。

「我可以理解妳會感到不安，不過妳不用擔心。妳的歌聲會感動很多人。如果妳通過審查，就應該去當歌手。我會留在這裡，替妳加油。」

我說完這句話就站起來，開始收拾四周。

綾音陷入思考。在我收拾完畢之後，她仍舊在沉思。

我到綾音旁邊再度坐下。她抬起原本低垂的頭，對我說：

「我知道了，對不起……讓你感到困擾。不過既然要去，那我想要得到回憶。」

「回憶？」

我不知道綾音內心經歷何種的糾葛，不過我完全沒有預期到這句話，因此感到很困惑。

「嗯，我會在東京努力，所以……」

我們再度彼此對望。這時綾音輕聲說：

「我想要跟你接吻。」

我一時說不出話來。

「為什麼？」

「你問……為什麼？」

綾音害羞地微笑。該不會……怎麼可能？可是……

「因為我喜歡你。」

我的腦袋變成一片空白。綾音……喜歡我？

「騙人。」

「我沒有騙你。」

「妳又在開我的玩笑吧？」

「我不可能在這種情況開你玩笑。」

就如她所說的，她以相當認真的表情凝視著我。

在我的世界裡，只剩下一陣陣海浪拍打在海灘上的聲音，以及眼前這位美麗的女孩。

綾音似乎有些遲疑地低下頭，接著再度把頭抬起來，露出痛苦的笑容。

「春人，即使你對我沒有任何感覺也沒關係，我還是喜歡你。當了歌手之後，必須付出很大的努力，也有很多事情必須忍耐，不過我會把今天的回憶當作心靈的依靠來努力。所以，拜託……」

她這麼說，讓我無法再拒絕。她像唱歌時那樣閉上眼睛。

這是我第一次接觸到女人的嘴唇，感覺好像在微微顫抖。

過了一星期之後，綾音傳給我一則簡訊。

我通過最終審查了，明年四月就會出道。

6

隨著夏天結束，我和綾音的人生逐漸開始分道揚鑣。

為了迎接公務員考試季，我專注地準備考試。

另一方面，綾音向學校報告通過徵選的消息，隨同唱片公司的人和校方討論今後的計畫，並且為了開會頻繁前往東京。

綾音要在明年春天出道的消息是祕密，除了我之外沒有任何同學知道。

我在九月結束筆試，十月參加集體討論及作文測驗。至今為止的努力沒有白費，到了十一月，我便進入最終階段的面試。

在那段時期，我們像這樣分別為了各自的未來進行準備。

放學後，我和綾音也不再於社辦聚集，也一直沒有創作新歌。

班上同學也都開始進行求職活動，沒有人再來欺負綾音。

話說回來，綾音也因為很忙，很少出現在教室。

學校裡只有求職組的班級像是開了一個洞，人頓時變得很少。

但只要兩人剛好都有時間，放學時我就會拉著腳踏車，和綾音一起走到車站。

綾音彷彿夏天海邊那件事沒發生一般，愉快地跟我說話。

然而我卻不禁意識到她的嘴唇。

當彼此忙碌的生活總算告一段落時，文化祭也結束了。

「春人，期末考結束之後，要不要找地方去玩？」

當我們跟以前一樣聚在社辦準備考試時，綾音對我這麼說。

我即使到了這個時候，仍舊無法整理好自己的感情。

綾音大概沒有發覺到我喜歡她，我在夜晚的海灘上，也沒有給她明確的回覆。她對我說，即使這樣也沒關係。

如果我告訴她自己的感情……會怎麼樣？

我腦中想著這些事，不過還是點頭同意她的提議，她表示出非常開心的模樣。

到了十二月，期末考來臨，綾音全科及格通過考試。

這時公務員考試的結果也出爐了。

我很幸運地通過考試。包括祖父母在內，大家都為我高興。

下一個星期六，我和綾音一起去遊樂園玩，順便慶祝我通過考試。

冬天的遊樂園具有獨特的氣氛，或許是因為寒冷，遊客沒有很多，戶外的遊樂設施幾乎都不用排隊就能搭乘。

綾音笑得很開心，笑容比在社辦時更天真無邪。搭乘雲霄飛車時，她會高聲尖叫，在乘坐旋轉咖啡杯時，也會興奮地轉得很起勁。

我們在遊樂園內的餐廳吃午餐。因為天氣開始變冷，因此我們決定接下來去逛室內的遊樂設施。

我順從綾音的希望，和她一起進入鬼屋，不過走到一半，綾音便停下腳步。

「這裡感覺比我預期的還要恐怖，鬼屋是這種地方嗎？」

就如她所說的，這座鬼屋內部格外講究。不單只是幽靈會從黑暗中現身，還有故事性。

「春人，可以牽手嗎？」

「什麼？」

「因為我很害怕，可是又不甘心在這裡回頭，好啦，拜託！」

雖然感到猶豫，不過綾音似乎真的很害怕，因此我便答應她的提議，和她牽手。

牽手時的觸感讓我頭暈，無法專注於鬼屋。

走出鬼屋之後，綾音仍舊抓著我的手。

我默默地盯著她的手，她便有些靦腆地說：

「可以再牽一會兒嗎？因為……對了，因為是冬天，所以天氣很冷。」

如果我想拒絕，當然可以拒絕。我正思索著該怎麼辦，綾音又繼續說：

「春人，我知道你不能跟我交往，事務所也跟我說要避免談戀愛。不過……雖然每次都用這一招有點卑鄙，不過就當作是給我回憶吧！」

和綾音交往，成為一對情侶——我內心有一瞬間被這樣的誘惑吸引。

不過我不能這麼做。這樣會妨礙到她的未來。

我應該如何回應？對綾音來說，什麼才是必要的？

——對不起……讓你感到困擾。不過既然要去，那我想要得到回憶。

——雖然每次都用這一招有點卑鄙，不過就當作是給我回憶吧！

這時我忽然想到綾音說過的這些話。

為了讓綾音了無遺憾地前往東京、成為歌手，必須為她在家鄉留下美好回憶。不過我絕對不能告訴她自己的感情。

我一直為了這件事煩惱，但此刻想通了。沒錯，就是要這麼做。這一定就是綾音最需要的東西——不多也不少，恰如其分。

「我知道了，那就當作是為妳留下回憶吧！」

我這樣回答，綾音便露出由衷感到高興的笑容。

接著我們又繼續逛其他室內遊樂設施，牽著手走在鏡迷宮內時，我撞到好幾次牆壁，而綾音看到我這副模樣便哈哈笑。

到了夜幕低垂的時分，園內紛紛開始點起燈火。雖然和去年耶誕節的場地不同，不過遊樂園裡也有當時沒坐成的摩天輪。

綾音正提議要搭摩天輪來彌補去年的遺憾，就聽到手機鈴聲，是她的手機在響。她接起電話，用敬語交談，看來應該是唱片公司的人打來的。

我想到聽別人談話不太好，便悄悄地走開。

我抬頭仰望天空，看到摩天輪正在轉動。我雖然無法把時間停在此刻，但仍暗自希望時間能夠至少像那座摩天輪一樣，緩慢地前進。

綾音打完電話找到我，再度抓起我的手。

「我們下次再搭摩天輪吧。」

我雖然不認為會有「下次」，不過還是這麼說。

如果和綾音兩人坐在摩天輪裡，我沒有自信能夠壓抑自己的感情。

然而綾音似乎以不同的方式解讀我這句話，露出堅定的笑容說：「嗯，我知道了。我們下次一定要來搭摩天輪。」

第二學期結束了。平安夜似乎和去年一樣，會在站前舉辦演唱會，不過綾音因為事務所的關係，今年大概無法參加。

由於綾音忙著要準備出道，因此今年耶誕節我們各過各的。

不過到了元旦，我們一起去神社參拜。ＫＥＮ、ＹＯＳＨＩ、正文先生及樂團成員也都來了，因此新年過得很熱鬧。

這時我才得知，四月時要去東京的不只是綾音。

在徵選時送去的歌曲中，分別負責彈吉他與貝斯的ＫＥＮ和ＹＯＳＨＩ也被挖角，要成為綾音的伴奏成員一起去東京。

寒假期間，我也和綾音單獨見面。她說隔壁小鎮有一家她想去的咖啡廳，我便陪她一起去。綾音見到我時，表情變得十分柔和。

然而我們越是見面、綾音越是對我露出笑容，我就感到越痛苦。

只有我知道，我們是兩情相悅的。

只要一不注意，我的情感彷彿就會化成言語湧出來。但我不能這麼做。我要讓綾音毫無眷戀地結束在家鄉的戀情，以全新的心情前往東京。

不久之後，第三學期開始。

綾音變得更加忙碌，在學校已經看不到她了。

不過假日只要時間允許，我們就會一起去玩，她也會吵著要來我家，甚至真的來訪。她到我家時，也見到我的祖父母，彼此雖然有些拘謹，不過仍舊愉快地聊天。我過去沒有帶朋友到家裡過，因此祖父母似乎都很高興。

到了二月，文藝比賽的結果出爐，我竟然得到了最優秀獎。

包括綾音在內，許多人都來向我道賀。

由於祖父母強烈的勸說，我原本感到猶豫，但還是決定參加在東京舉辦的頒獎典禮。

我的照片和名字也登上了報紙，這就是我這輩子的巔峰時刻了。

頒獎典禮之後會舉辦得獎者座談會，不過我以家庭因素為由婉拒參加。

我為了當日來回，在新幹線月台等車時，突然有人從背後呼喚我：

「咦？這位該不會是水嶋春人老師吧？」

綾音因為有事，兩天前就先來到東京，因此我們約定要一起回去。

「恭喜你，真的太厲害了！這樣一來，你的詩一定會永遠流傳。」

我們並肩坐在新幹線的座位上，綾音以興奮的面孔對我這麼說。

「又不是要出版，沒那麼誇張。那種詩馬上就會消失了。」

「沒這回事，你的詩一定會留下來，至少我會記住。」

綾音以直率的眼神看著我說。到了四月，她就要開始展開歌手的活動。我們再也沒有機會像這樣輕鬆聊天了。

我問她：「你們開會討論得怎麼樣？那個……下下個月就要發行了吧？」

綾音稍稍低下頭。

「嗯……還算順利吧。」

我和綾音離別的日子已經逼近，彼此都變得有些沉默。

「春人。」

她對我開口，我便重新轉向她。

「天氣好冷，我的手凍僵了，可以……牽你的手嗎？」

綾音出道之後，我們就無法輕鬆聊天或並肩坐在一起，當然也沒辦法牽手。我裝出一副「真拿妳沒辦法」的態度答應了。

綾音的手很溫暖，並沒有凍僵。

冬天不知不覺地來臨，然後就像所有的開始般迎接結束。

接著春天來臨。離別的季節也接近了。

7

畢業典禮次日，綾音獨自一人前往東京。

擔任貝斯手的ＹＯＳＨＩ已經在東京租了房子，先搬過去了。他已經辭掉原本在設計事務所的工作。

ＫＥＮ似乎也在東京租了房子，不過要等到後天才出發。

當天早上，ＫＥＮ特地開車到我家接我。

兩人一起前往距離瑪莎義大利小館最近的車站。

除了KENN和YOSHI以外的樂團成員、正文先生還有綾音似乎很早就到了。當我們抵達時，他們看起來似乎已經談完話。

「綾音，妳要多保重。」

「如果撐不下去，隨時都可以回家喔！」

我們目送樂團成員和正文先生離開。留在當地的樂團成員會組成新的樂團，繼續在正文先生的餐廳表演。

我打算在踏入社會之後，仍舊找時間去聽他們演奏。

面對留在原處的綾音，我心中產生奇妙的感覺。眼前的這個人雖然很熟悉，但看起來又好像完全陌生的人。

是因為她今天的氛圍跟平常不一樣嗎？或是因為今天是離別的日子？

綾音應該還沒有發覺到我的感情，只要再撐過今天，這份感情就結束了。我們應該能夠永遠當朋友。

KEN拍拍我的肩膀說「我在車上等你」，然後就離開了，剩下我和綾音兩人。

綾音說：「像這樣感覺真不習慣。」

我露出尷尬的笑容。站著說話不太方便，因此我們便進入無人的車站。

我在售票機買了可以單次進出驗票口的「月台票」。

我們各自通過驗票閘門，並肩坐在往東京方面月台的椅子。

月台上除了我和綾音以外，沒有其他人。

這座無人車站雖然平凡無奇，但對面月台的後方卻種植著櫻花樹。

彷彿無止盡的花瓣，不斷從櫻花樹飄落。

距離下一班電車到達，還有將近二十分鐘。

我必須把今天當成是很普遍的離別之日，我問綾音新居的事，問她能夠適應東京嗎、會不會自己煮飯之類很普通的話題。

綾音回答了每一個問題，有時還會露出笑容。

我不知道我們下一次什麼時候才能見面。

綾音出道後，我們就無法彼此隨時傳簡訊了。我聽說事務所會限制綾音私下使用手機。

我拿出自己的手機檢視時鐘，看到還有一些時間。

我試圖想出下一個話題，自然而然就變得沉默。

「春人。」

當我閉上嘴巴時，綾音呼喚我的名字，我便轉頭看她。

「這些日子以來，真的很謝謝你。」

綾音的表情顯得很清爽。看到她這樣，我鬆了一口氣。

看來她確實打算要把在家鄉的種種當成過往，邁向未來。

「我才應該謝謝妳，因為有妳在，我每天都過得很快樂。」

我擠出笑臉回應，綾音也抬起嘴角。

「認識你的這一年半真的很快樂，感覺眨眨眼就過去了。這段時間並不只是白白度過而已，你替我開闢了道路，我不知道該怎麼感謝你才好。」

我想要用開玩笑的話回應她。

比方說，等妳成名之後請我吃大餐吧……之類的。

但是當我看到她的眼睛，就無法說出這樣的玩笑話了。

綾音的眼中含著淚水，反射著春天的陽光，閃閃發光。

「綾音……」

「嗯？唉呀，討厭……我本來打算不要哭的，對不起。」

綾音說完拿出手帕。

我想要設法再說些玩笑話，但這時我再次無法說出口。

綾音使用的是我在高二耶誕節前夕送她的那條手帕。

「妳在用……那條手帕。」

我不小心主動提起手帕的話題，立刻感到後悔。

這個話題不太妙，我心中再度喚起當時的心情。

在那個耶誕節前夕，我首度自覺到自己喜歡綾音。

「嗯，這是我的珍寶。我本來想把它供奉在房間裡，不過更想隨身攜帶它，所以很珍惜地使用。」

我不知道該把話題帶到什麼方向。當我在猶豫時，綾音接著說：

「春人，你有在用我送你的那條手帕嗎？」

「呃……有啊，我偶爾會使用。」

我說不出我因為太珍惜那條手帕而不敢使用，把它收藏起來。

「這樣啊……太好了。我現在才能告訴你，老實說，我在送你那條手帕的時候，就開始喜歡你了。」

我變得沉默。

只要保持沉默，至少不會在今天這麼重要的日子說出不該說的話。

綾音看我這樣，露出柔和的微笑。

「跟你在一起度過的每一天，全都是美好的回憶。包括夏天去海邊的事，我也絕對不會忘記。我會把它當成回憶，好好努力，真的很謝謝你給了我這麼棒的回憶。」

我這時也努力擠出笑容。

「到東京也要加油喔。」

此刻要傾訴自己的心意很簡單。我可以告訴她，我一直很喜歡她。

但那樣的言語只是讓自己感到輕鬆而已，對綾音沒有任何好處。

不久之後，車站的鈴聲響起，自動廣播宣布電車即將到站。

這一來，我們就真的要分開了。

綾音拿起包包站起來。她的表情顯得很清爽。

我也若無其事地站起來。

我覺得身體很沉重，一不小心，就會因為這場離別而哭出來。

電車抵達車站月台，車門發出聲音打開了。

綾音挺直背脊，以大方的腳步往車門另一邊前進。

她在車廂內轉過來面對我。

「我走了。」

綾音說了出發的台詞，我也回應：

「路上小心。」

綾音瞇起眼睛，嘴上泛起笑容。

這時她的表情有一瞬間變得好像想到什麼。

「啊，對不起，我好像把什麼東西忘在椅子上了，你可以幫我看看嗎？」

「什麼？我知道了。」

我急忙回到剛剛綾音坐著的椅子。

那裡放了一封密封起來的信。

這是怎麼回事？這就是綾音忘記的東西嗎？

我拿著那封信想要回到綾音身邊，但這時車門關上了。

我呆呆地望著綾音，看到她隔著車門上的窗戶好像要說什麼。

「春人，我喜歡你。」

也許是我的錯覺，但我覺得綾音的嘴型好像在這麼說。

我覺得綾音眼中似乎泛著淚光。

電車開始移動，綾音朝著我揮手。
我佇立在原地目送她，望著電車逐漸遠離。
視野角落的櫻花似乎無限地在飄落。
我低頭看那封信。我把信封翻過來，看到熟悉的綾音的字跡。
上面寫著「春人收」。
綾音是特地努力寫這封信給我的嗎？
我打開信封，從裡面拿出信紙。在信中，綾音對我告白某件事。

春人，我知道你喜歡我。
之前沒辦法說出口，不過其實我那天聽到你和KEN的談話了。
光是喜歡，似乎沒辦法永遠在一起。
不過有一天，我希望能夠談戀愛，永遠和你在一起。
我夢想著有一天能夠再和你見面。我可以夢想吧？

到了四月，遠坂綾音就以「綾音」的名字出道。

在華麗的世界唱著出道歌曲的她充滿透明感，另一方面卻又很強勁。

我一開始想盡可能關注她的活躍。

但是從中途開始，不知為什麼，我無法再繼續關注下去。

我感覺到，她和我之間的距離實在是太遙遠了。

我知道綾音的心意，而我對她的心意也沒有改變。但是我無法想像成為歌手活躍的她，在現實中會和我在一起。

我甚至覺得兩人在一起的日子以及這份感情，都是青春期讓我產生的幻想。

我成為鎮公所職員之後，認真地、樸實地、賣命地專注於工作。

我甚至想要忘掉綾音的事。

但這個社會並不允許我忘記她。綾音所屬的唱片公司似乎很擅長商業合作的宣傳手法，讓她擔任電視劇主題曲、廣告歌曲的歌手。

在電視廣告之類的地方聽到她歌聲的機會增加了。

上網搜尋資訊時，也會不小心看到有關綾音的消息。

在工作場所也一樣。當我在員工餐廳用餐時，會聽到其他部門的職員熱心談論綾音，彷彿自己認識她一樣。

以前的高中同學也跟我聯絡，還有人特地到我的職場找我。

大家都以為我和綾音仍舊維持朋友關係，其中甚至有人誤以為我們曾經交往過。

在學校宣傳綾音有閱讀障礙的那群引人注目的小團體成員也來找我，三年級時跟我們同班、當面嗆綾音的女生也在其中。

他們說想對我和綾音道歉，還問我今後能不能當好朋友，口口聲聲稱讚當上歌手的綾音。

我向他們說明，我跟綾音已經沒有聯絡了。他們不相信我說的話，臨走之前還提議，當綾音回到故鄉時，大家要一起去玩。

職場的前輩似乎聽到我們的對話，對於我和綾音曾是同學一事感到驚訝。

我回答說我們幾乎沒有交談過，他就毫不懷疑地笑著說，光是看外表，就會覺得綾音跟我們屬於不同的世界。

他說得沒錯，綾音一開始就跟我住在不同的世界。

就這樣，遠坂綾音成為綾音，變得越來越有名。

她在出道半年之後，就成為對我來說遙不可及的人物。

第四章 在一起之前的單身生活

1

至今為止，我從來沒有詳細說明過我和綾音的人生交集。

高中時代的種種往事，一直悄悄地隱藏在我的心中。

我最愛的「她」坐在副駕駛座，聽我說到這裡之後，深深嘆了一口氣。

「這樣啊，原來發生過這些事。」

她說完抬頭眺望稱不上是晴天或陰天的天空。

這時突然有人過來敲駕駛座的車窗。我拉下車窗，ＫＥＮ便對我說：

「抱歉打擾你們打情罵俏，現在差不多要開始調音了。」

時間已比預定晚了十分鐘左右，我為此道歉，身為我的吉他師父的ＫＥＮ笑著說：「沒有人會介意的。」

我和她倆人一起下車，當我從後座拿出吉他時，一身輕的她跑去和ＫＥＮ聊天，不知道在談什麼，也許是像平常一樣彼此開玩笑吧？

「ＫＥＮ，所謂的打情罵俏，應該是要像這樣吧？」

兩人不知開了什麼玩笑之後，她來到我旁邊，勾住我的手臂。

看到這副模樣，ＫＥＮ搖搖頭，笑著說：

「你們的感情真好。」

她仍舊勾著我的手臂，三人一起走向瑪莎義大利小館。

我們打開店門，向正文先生打了招呼，然後走向作為後台休息室使用的舊員工室。

「喂喂喂，你們不要故意來這裡秀恩愛。」

在這裡的是熟悉的樂團成員，擔任貝斯手的ＹＯＳＨＩ也來參加。我為了遲到而道歉，但真的沒有一個人介意。

閒聊片刻之後，我們前往店內的舞台準備預演，擔任主唱的她顯得幹勁十足。

整體的試音和程序確認結束後，就只等正式演出開始了。

今天ＫＥＮ並不會參與演出，而是在台下觀賞我的「表現」。

回到休息室，樂團成員開始輕鬆聊天。

或許是因為緊張，我不知不覺盯著擦得很亮的電木吉他表面。

習慣現場演出的「她」發現我在發呆，便對我說：

「距離表演還有一點時間，可以到外面告訴我接下來的故事嗎？」

我遲疑了一下，不過心想總比在這裡緊張地等待好一點，於是答應她的要求。

我們從餐廳後門走出去，天空已經逐漸染成暗紅色。

天空呈現的顏色，彷彿全世界都在燃燒。

我回想著過去的日子，平靜地開始述說當年的往事。

2

我原本以為綾音離開之後，我的人生不會有任何改變。

我的世界裡原本就沒有她，現在只是回到原狀而已。

陪伴著養育我的祖父母，我在鎮公所擔任職員，過著儉樸的生活。

這樣的生活正是我所想像的未來。

唯一跟我的想像不同的，就是音樂成了我生活中的一部分。

每個月第二和第四個星期五，我會到瑪莎義大利小館，聆聽樂團成員的演奏。

綾音出道後過了大約一年，身為伴奏成員的ＫＥＮ開始常常回到本地。他明明應該很忙，卻出席瑪莎義大利小館的現場演出。

他提出各種理由，像是為了轉換心情，或是為了見家鄉的朋友。

不知是否也是理由之一，他從某個時期開始對我提議要一起寫歌，並委託我作詞。

所以我在踏入社會之後，不是跟綾音，而是跟ＫＥＮ一起寫歌。

綾音則更加活躍，頻頻出現在各種媒體，而她的臉上也帶著不是裝出來的活潑笑容。

她或許已忘記自己曾在這個鄉下小鎮生活，甚至連為了閱讀障礙煩惱的過去都忘了……

不過這對綾音來說應該是好事，而現在這樣的狀況應該就是我所期待的。即使，我和她的人生再也沒有交集……

我過著一再重複的日常生活，經歷了幾輪的春夏秋冬。

在這段期間，我一次都沒有與綾音見面。

當上職員三年後的春末，祖母過世了。

喪禮在隔兩天的當月第二個星期五舉辦，晚上有ＫＥＮ的現場演出。

ＫＥＮ和昔日的樂團成員一起演奏，唱跟我一起寫的歌。

他的歌喉也很好，把綾音以前在這裡唱的歌加以改編，用低沉的聲音來唱。他先前也會不時像這樣，演唱綾音出道以前的歌。

這樣的消息逐漸傳開，使得這間餐廳在綾音粉絲之間變得有名。

現場演唱結束之後，我和ＫＥＮ在吧台，喝著我現在已經可以喝的酒。

ＫＥＮ說，我們倆人今天要喝得痛快。

「那、那個……很高興見到你！我是你的超級粉絲，今天的演奏和歌曲也很棒！」

當我們在喝酒時，有兩個女生到吧台座位，其中一個看起來很活潑的短髮女生對ＫＥＮ這麼說，讓他有些驚訝。

「謝謝妳們特地來聽我這種歐吉桑唱歌，希望妳們聽得開心。」

「ＫＥＮ很年輕，怎麼會是歐吉桑！我們以前抽籤抽到的時候，也會去聽綾音的演唱會，在那裡有看到ＫＥＮ在樂團彈吉他。」

雖然平常來往時沒有特別在意，不過ＫＥＮ其實也是個名人，尤其在懂音樂的人之間更是如此，因此也常常會有他的粉絲像這樣來打招呼。

我不知該如何自處，便默默地喝著酒。這時，我發覺到另一個女生正看著我，她長得很漂亮，及肩的髮型很適合她。

「真抱歉，突然打擾你們。」

當我們四目相交，她便如此道歉，我簡單地回應「別客氣」。

KEN注意到我們之間的對話，便向這兩人介紹我：

「這傢伙叫春人，他也替我的歌作詞，是個很優秀的傢伙。他寫的詩在文藝比賽得過獎，以前還跟綾音一起寫歌。」

我很喜歡跟KEN這樣兩人相處的時光，不過現在卻變成四人了。

我向她們打招呼，接著開始聽短髮女生訴說KEN有多厲害，以及綾音的歌聲有多棒。她也提到具體的歌名，但是我都沒聽過。

她詢問我的意見，我便回答：「老實說，我不太常聽她的歌。」

她顯得很驚訝，問我：「你為什麼不聽綾音的歌？你們以前不是還一起寫歌嗎？」

「因為工作有點忙……」

我敷衍地回答，但短髮女生似乎不太能接受這個答案。

「啊！該不會是那種情況——就像自己很喜歡的樂團成名之後，有時候反而會失去興趣，覺得先前明明只有自己知道……之類的。」

短短幾年前，只有這間餐廳的客人知道綾音的音樂才華，但現在卻廣為人知。

四人繼續坐在吧台座位，聊著各式各樣的話題。短髮女生似乎很高興能夠和ＫＥＮ聊天，說了很多話。她也提到這樣的話題：

「對了，之前綾音不是被報導正在熱戀中，那是真的嗎？」

我感覺到ＫＥＮ好像偷偷瞥了我一眼。他含糊地帶過這個問題。

我自己也看過那篇報導。並不是特地去搜尋她的新聞，而是在工作中必須瀏覽新聞網站，很難避免看到相關報導的標題。

和綾音離別之後，已經過了三年的時光。

人類是具有感情的生物，無法避免會去愛上某個人。

綾音當然也不例外。

光是喜歡，似乎沒辦法永遠在一起。

不過有一天，我希望能夠談戀愛，永遠和你在一起。

或許是因為喝酒的關係，我腦中浮現平常不會想到的，離別那天收到的信裡的句子。

不過我很明白，那只是多愁善感的青春期寫出的文字。

綾音當時還不知道廣大的世界，也還沒有認識具有魅力的異性。

我也明白這一點，我的確很明白。

也許是受到現場的氣氛影響，我那一天喝到爛醉。

短髮女生的同伴看到我這樣，很替我擔心。

「不要緊嗎？」

「對不起，我平常不會像這樣。」

「你大概酒量不太好吧？」

「……我今天才發現這一點。」

我這麼回答，她便露出溫柔的笑容，替我點了白開水，並勸我喝下。我把水含在口中，不久之後就像變魔術般輕鬆許多。

「謝謝妳，我感覺好多了。」

「那真是太好了。」

接下來，我跟這位中長髮女生有一搭沒一搭地聊天。她住在鄰近的小鎮，在會計事務所工作，比我年長兩歲，興趣是音樂。

「啊！對了，難得有這個機會——」

她取出手機，對我說：

「可以交換一下聯絡方式嗎？我很喜歡綾音現在的歌，不過也很喜歡ＫＥＮ剛剛唱的她出道以前的歌，我覺得歌詞很棒。」

我不禁凝視眼前這位中長髮女生。我猶豫之後，還是跟她交換了聯絡方式。

「啊……原來ＨＡＲＵＴＯ（春人）這個名字，漢字是寫成『春天的人』啊。」

「是的，同學也有人名字跟我同音，使用的漢字卻更典雅。我的名字就這麼簡單。」

我的醉意已消除許多，看看時間差不多，就決定離席。

ＫＥＮ對我說：「春人，我再跟你聯絡，我會準備好下一首曲子。」

我舉手回應ＫＥＮ，然後和特地從廚房走出來的正文先生聊了一下，就去付帳。

我在十點回到家。

探頭看看臥室裡的祖父，聽到他以正常的呼吸聲在睡覺。

然後去淋浴，沖掉身上的酒味，準備上床睡覺。

我躺到床上時看了一下手機，發現收到了簡訊。

今天很抱歉突然打擾你們，不過我聊得很愉快。

是剛剛認識的那位中長髮女生傳來的。

我們彼此來回傳了幾則簡訊，最後我主動說我要睡覺了。

3

祖父是在三個月後的夏天過世的。

在那之前，他的食量就明顯減少。

不過當天早上他顯得很有精神，說他想吃高湯蛋捲。

他最近似乎連說話的氣力都沒有，因此難得聽他這麼說，讓我很高興。

根據白天來幫忙的照護員所說，祖父當天就和這幾個星期以來一樣，一直在睡覺。

我下班回來時，他也在臥室的床上昏昏欲睡。

本來不想吵他，不過他發現我回來，便說：「哦，是春人啊。」

打了招呼之後，我問他晚餐想要吃什麼，他搖了搖頭，又說：

「你今天看起來感覺格外像個大人。」

「本來就是大人，我已經二十二歲了。」

「沒想到你轉眼間就長得這麼大了，剛見面的時候，你還那麼小。」

祖父的眼睛似乎在看著遠方，接著再度看著我，露出微笑。
「謝謝你，變得這麼成熟，而且到現在還陪在我身邊。」
我的內心突然平靜下來。
「爺爺，你怎麼了？」
我詢問他，他又開始望著遠方。祖母過世前，也曾出現類似的舉動。
不久之後，他似乎想睡了，緩緩地闔上眼睛。
我默默注視著養育我長大的祖父。
「我才應該說謝謝，真的很感謝你撫養我長大。」
我像是在說悄悄話般說出來，原本以為祖父應該沒聽見。
然而祖父卻緩緩張開眼睛，朝著驚訝的我笑了。
探望過祖父後，我回到房間換衣服，到廚房準備晚餐。
當我端著晚餐再度回到臥室，發現房間裡很安靜。
彷彿這間房間裡沒有任何人。
「爺爺？」
我接近他，看到他在睡覺，嘴角掛著笑容。

也因此，我原本以為他搞不好是在裝睡。

但我猜錯了，他並不是在裝睡。

超過九十歲的祖父靜靜地安眠了。

ＫＥＮ這陣子剛好返鄉，因此參加了祖父的守靈夜。我的少數幾位親戚看到長髮的ＫＥＮ似乎很詫異，不過有幾位女性察覺到他的身分。

「春人，你今後打算怎麼辦？」

幾天後舉辦喪禮時，ＫＥＮ也特地來參加。這個人從外表不太容易看出來，但其實個性很體貼，也很會照顧人。

「大概會想開始嘗試新的事物吧。我的人生目標一直都是照顧祖父母，直到他們過世，不過現在已經……」

ＫＥＮ默默無言地看著這樣回答的我。

我開始在祖父母留下的老屋裡獨自生活。

回到家、咳嗽或是感冒的時候，都只有自己一個人，我心中也沒了重要的人。

這個月的第四個星期五，ＫＥＮ會參加現場演出。

餐廳來了許多客人，不過吧台座位是空的，於是我在這裡坐下。

「晚安。」

當我瀏覽著菜單時，有個女生對我打招呼。我轉頭看到是她。

是上次跟ＫＥＮ的粉絲一起來的那位中長髮美女。

在那之後，她偶爾會跟我聯絡，我們也對話了幾次。

「晚安，原來妳也來了。」

「沒錯。我今天是自己來的。」

「由我來說這種話也許很奇怪，不過很高興妳喜歡這間店。」

我這麼說，她便露出靦腆的微笑。

「一方面也是因為喜歡這間店，不過另一方面是期待也許能夠再見面。」

「妳想再見到ＫＥＮ嗎？」

「不是，是你。」

我稍稍瞪大眼睛，她該不會是在捉弄我吧……

但我也已經稍微成長到不會再有這樣的誤解了。

「我的位子是在餐桌座位，演奏結束之後……可以再找你聊天嗎？」

「嗯，當然。」

我如此回答，她似乎就放心了，嘴角泛起微笑：「那麼待會見。」說完，她就回到自己的座位，我默默地目送她。

和綾音分開之後的這三年半當中，我沒有談過戀愛。

要不要乾脆喜歡上剛剛那位女生？

這樣的戀愛開始方式或許不夠誠摯，但會不會是我現在需要的呢？

我把這樣的想法當作是某種天啟。

這樣就對了，就這麼做吧，綾音應該也開始談新的戀愛了。

每當我試圖這樣說服自己，不知為何腦中就會閃爍著綾音的笑容。

我的記憶與思考被攪亂了。在我心中，一直殘留著某個沒有消失的東西，以疼痛的形式對我訴說著某件事。

這時我產生自覺，無可奈何地產生自覺。

當我想要勉強自己喜歡上別人的時候，才總算明白……

我至今仍舊愛著綾音。

到頭來，我還是無法愛上那位中長髮女生。

她的確是一位和我在一起甚至都嫌浪費了的迷人女性。在那之後，我們又在瑪莎義大利小館碰面過幾次，彼此說笑。但我無法欺騙自己的感情。

「水嶋，我知道你心中有某個很重要的人。」

某天在餐廳的現場演唱之後，她用彷彿已經結束這段關係的口吻對我說。

「該不會是……以前跟你一起寫歌的綾音吧？」

我沒有想到會被她猜中，就連我自己都是最近才發覺到的。

我低下頭，承認這件事。因為她是個可以信賴的人，因此我說了一些和綾音之間的事，情不自禁對她訴苦。

「很蠢吧？就算我再喜歡她……也沒有希望。」

「你真的這麼想嗎？」

我聽到她意想不到的回答，不禁抬起頭。

「綾音也許還在等你。」

這句話是什麼意思？綾音在等什麼？

「綾音已經擁有屬於她的世界了，她不會想到我的。」

聽到我這麼說，她不知為何顯得有些悲傷。

「你說過你幾乎沒有聽過綾音的歌，那麼，你也沒有去過她的演唱會吧？」

我以沉默代替肯定，她便從包包裡拿出某樣東西。

「請你收下這個，這是我抽中的綾音演唱會門票。」

我驚訝地盯著她遞給我的票券。上面印著日期和地點，這似乎是巡迴演唱的門票，近期將在縣內舉辦。

「可是……」

我不願輕易收下這張門票，因為我並不打算去聽演唱會。

這時她的眼神變得強硬，對我說：

「有些事，你必須去演唱會才會知道。而且我希望你把整場演唱會都聽完。這是我唯一能做到的事。」

我感到困惑，她便把門票塞到我的手中。

「一言為定。如果你破壞約定，我可會開始討厭你的。」

她說完之後，勉強擠出笑容，然後離開。

我盯著手中的門票。這應該是很珍貴的東西，可是她卻特地送給我……她到底是以什麼樣的心情送我這張門票的呢？

如果我前往演唱會，真的會產生某種變化嗎？如果我聽完綾音的歌，就能發現某樣東西嗎？

我原本想聯絡那個女生並退還這張門票，但她臨走之前說的那段話，讓我無法這麼做。

雖然感到猶豫，不過我還是決定有生以來第一次去觀賞歌手綾音的演唱會。

當天我從早上就很緊張。綾音應該不會那麼碰巧地在這麼多觀眾當中發現到我，而且我也沒有告訴ＫＥＮ，因此應該不會和綾音直接見面。

我明明不需要緊張，但心情卻一直無法平靜下來。

會場是能容納一萬人的大型設施，觀眾大約男女各半。我坐在觀眾席等待演唱會開始。

我的心跳劇烈到疼痛的地步。隨著熱烈的歡呼聲，綾音理所當然地出現在舞台上。

台上的人毫無疑問就是她。她就是和我一起在鄉下小鎮寫歌的遠坂綾音。

舞台上的她朝著全場觀眾微笑，開始演奏歌曲。

唱完幾首歌之後，我心中產生奇妙的失落感。

綾音當然沒有發現我，演唱會順利地進行著。

這一切太過理所當然，讓我莫名其妙地感到寂寞。

ＫＥＮ和ＹＯＳＨＩ都在舞台上，和過去在瑪莎義大利小館時一樣地替綾音演奏。在歌曲之間，綾音環顧著觀眾說話。

她唱的歌多半是較酷的風格，因此我無法想像她的串場談話是什麼樣子，不過她雖然使用敬語，卻像跟我在社辦時那樣輕鬆地談話，觀眾也發出笑聲。

她在演唱會接近尾聲時宣布：「下一首是只有在演唱會才會唱的歌曲。這首歌是由我自己作詞，對我來說很重要的一首歌。話說回來，我也只寫過這一首歌詞而已。」

觀眾發出歡呼聲，而我則感到驚訝。

綾音竟然會作詞了……我連這種事都不知道。

我今天來到這裡，原本是想要得到某種發現，然而我發現到的卻是我和綾音之間無法填補的距離。更何況綾音還成長到嘗試自己作詞。

看來我更加派不上任何用場了。

「只在演唱會唱這首歌的理由有很多，像是歌詞太拙劣、不合我的形象等等……你們看，ＫＥＮ已經在苦笑了。不過我覺得，經過一次又一次的演唱會，這首歌變得越來越好了。演奏的部分是一流的，所以請大家忽略歌詞的缺陷，來聽這首歌吧！」

聽著這段談話，我就覺得今天來到這裡仍舊是值得的。

即使沒有我在，綾音當然也過得很好

她甚至還挑戰作詞，而觀眾也溫暖地等待著這首歌。

我打算在聽完這首歌之後就離開。

繼續留在這裡也沒有任何意義，我是這麼覺得的。

我仍舊不了解那位女生送我門票的用意，也許，她只是提供我參加綾音演場會的難得機會而已。

這樣也好，總之，聽完這首歌就走吧。

我要忘了綾音，開始過自己的新生活。也許會花上一些時間，不過我也打算重新去愛別人。我決定要過那樣的生活。

我感到自己過去的人生彷彿是一齣電影。

此刻工作人員名單隨著片尾曲開始播放，而我準備要結束過去的自己。

和綾音在一起的回憶將正式落幕，接下來，我就要展開新的人生。

台上的綾音準備完畢之後，宣布自己作詞的歌曲名稱。

「那麼我要開始唱了——〈春天的人〉。」

依照原本的預定，我在這首歌結束之後站起來。

我想找個安靜的地方思考，因此前往位於偌大的會場角落、設有自動販賣機的空間。我買了飲料，坐下來開始喝。

腦中彷彿籠罩著濃霧，讓我喪失了方向感。

真的會有這種事嗎？實在無法相信先前發生的一切是真實的。

我原本想要放棄，但綾音演唱的歌卻讓我驚訝。

那首歌的歌詞就像她本人所說的，寫得很拙劣。

不過歌詞的內容相當率直。

歌詞中把春天這個季節擬人化，而歌曲的主角珍惜著從春天那裡得到的東西，努力堅強地生活。

其中有一句：「夢想著有一天，能夠再見到春天的人。」

我懷著混亂的心情，在原地發呆了好一段時間。

綾音真的至今仍舊夢想著和「春天的人」重逢嗎？

不知不覺中，演唱會似乎結束了，遠處傳來人群嘈雜的聲音。

我拿出手機，盯著螢幕。

我今天第一次去聽妳的演唱會。
我聽到那首歌了。
高中時我說不出口，其實我……
我打開通訊ＡＰＰ，對綾音寫了這些訊息之後又刪掉。
我是否會一直度過像這樣的人生，寫出自己的心意之後，又只能刪除呢？
這時在不可思議的巧合之下，ＫＥＮ剛好打電話來。
我感到詫異，不過還是接起電話，電話另一端的人劈頭丟出一個問句：
『你現在在哪裡？』
這是女人的聲音，很像我懷念的某人的聲音。
我驚訝到說不出話來。
『快點告訴我！』
「我在自動販賣機區，靠角落這裡。」
『你在那裡等一下，我馬上過去。』
無法立即理解到發生什麼事，然而我的身體卻在顫抖。
腦筋失去思考的力量，只浮現出心愛的那個人的面貌。

過了片刻，我聽見有人朝著這裡跑過來。

我站起來。應該沒有太多人會特地跑到這種不起眼的地方，更何況還是用跑的。

我看到戴上連帽衣的帽子、穿著類似黑色員工外套的身影。

看到這幅景象，我不禁思索起自己最近有沒有奔跑過。

我沒有捨不得浪費任何一秒鐘、想立刻跑去見面的對象。

不知不覺，我也開始奔跑在走道上。我太想要見到她，此刻連一秒都捨不得浪費。

我們接近彼此，然後停下了腳步，她就在我的面前。

是綾音。我最愛的人。

眼中噙著淚水的她毫不猶豫地走過來抱住我：

「我好想見你，一直都好想見到你。」

這是怎麼搞的？我在祖父母的守靈之夜和喪禮上，明明都沒有哭。

我明明能夠忍住不哭的。

在綾音面前，我變得脆弱。又痛又癢的感覺刺激著眼睛，使我熱淚盈眶。

「我也是……一直好想見到妳，一直喜歡著妳。」

就這樣，暌違三年半，我和綾音總算重逢。

就如綾音曾在信中寫的，我想要談戀愛，永遠和她在一起——我緊緊擁抱著她，心中強烈地祈禱著。

＊＊＊

我說到這裡，暫時回到「現在」。
在那之後，不論經過多少歲月，我都無法忘記那天的感動。
我毫無疑問地愛著綾音。
然而現在，綾音並不在我身邊。我和她重逢之後，又分開了。
這也是我們彼此最後都能夠接受的結局。
雖然無可奈何，但人生當中有許多事只能逆來順受。
不過在重逢之後，直到再次分開的那一天，我們一直都在一起。
即使兩人之間隔著遙遠的距離，我們的心仍然一直緊緊相依。
當我停止說話，此刻坐在我旁邊的最愛的「她」注視著我。
我對她微笑，然後再度開始述說我和綾音之間的故事。

＊＊＊

那一天，重逢的兩人有太多話想要告訴彼此。

小事、大事、三年半之間變化的事、沒有變化的事。

然而，時間是有限的。

我問她為什麼知道我在會場，她便告訴我：

「從舞台上看觀眾席，其實可以看得很清楚，就連身上戴的首飾形狀、臉上的表情這些細節都看得到。而且我一直期待有一天你會來，所以一直都在找你。巡迴演唱中，只有回到這裡唱歌的時候，我不會閉上眼睛。」

我以為她不可能在一萬人當中找到我。

然而綾音卻真的找到了我，並非偶然，而是理所當然地找到我。

我不再隱藏自己的心意。

「我不想妨礙妳的人生，所以在高中的時候沒辦法告訴妳……我一直都很喜歡妳，直到現在，也只喜歡妳一個人。」

聽到我這麼說，綾音似乎很感動，露出想哭的表情。

「我的心意也一直沒變，春人，我到現在還是喜歡你，只喜歡你一個人。」

我不太了解演藝圈的情況，不過聽她說，之前的熱戀報導似乎也是假的。

他們在音樂節目結束時，剛好被拍到兩人看似單獨相處的畫面。後來對方的事務所似乎想藉此宣傳，雙方沒有談攏，照片就曝光了。

不過即使沒有說明，只要像這樣實際見到綾音，就知道那些根本就是子虛烏有。

於是我們不再壓抑自己的情感，決定正式交往。

「既然是兩情相悅，這樣應該比較正常，你覺得呢？」

綾音這樣問我，我也點頭了。

和當時相比，我們彼此都產生許多變化，立場和狀況也不一樣了，這大概就是活著的意義吧？她現在也得到稍微多一點的自由。

「春人，我下次就會用自己的手機跟你聯絡。你再等一下，我一定會向你報告好消息。」

正在進行巡迴演唱的綾音非常忙碌，此刻也是苦苦哀求才能抽身過來的。

我們直接在原地道別。離去之前，綾音對我說：

「今天真的很謝謝你來見我，我們總算可以成為情侶了。」

次週開始，我就像什麼事都沒發生過一樣，再度到鎮公所上班。

在這個星期中，綾音用她的手機跟我聯絡。

她沒有詳細說明，不過我知道她為此做了種種安排。

我和綾音之間的電話和簡訊往來，在暌違幾年之後重新開始。

她的外表雖然變得成熟許多，但即使在出名之後，她的內心仍舊沒有改變。我們常彼此聊些無關緊要的事，光是這樣就讓我們感到非常愉快。

「春人，上次沒時間好好聊天，我們再找機會見面吧。」

我們配合彼此的時間，在綾音的巡迴演唱會結束後偷偷約會。

我前往東京，在都內某間老舊的咖啡廳和她見面。那間咖啡廳據說是音樂圈的某位大老經營的，也很重視藝人的隱私。

開始和綾音交往之後，我原本以為很久沒見面會感到緊張。

「啊，春人！原來你先到了，真的很謝謝你大老遠過來。」

然而實際見面並開始談話後，連我都不敢相信自己會如此適應。

一開始雙方雖然都有些靦腆，不過在聊些無關緊要的話題之後，尷尬的氣氛也消失了。

「對了，上次有個當偶像的年輕女生來糾纏ＫＥＮ。不過當ＫＥＮ告訴她自己的年齡，她就嚇了一跳，原來ＫＥＮ跟她父親的年齡差不多。」

我們毫無顧忌地聊天，因為太過自然，讓我不禁笑出來。

「這種感覺好像從高中到現在都沒什麼變化。」

「真的？你的意思是沒有成長嗎？」

「不是，我形容得不太好，我的意思是感覺很自然。」

巡迴演唱會才剛剛結束，綾音又因為要開始準備年底的活動而變得忙碌。

這一年我們無法在一起度過平安夜，不過在過年之後，我和綾音在許多地方留下共同的回憶。

雖然因為綾音藝人的身分而有些特殊之處，不過我們所做的事，跟一般遠距離戀愛的情侶應該沒有太大的差別。

我們經常以手機聯繫，只要彼此的時間可以配合，就由行動比較方便的我去見她。

和一般情侶交往不同的地方，大概就只有必須在意相機或週遭人的眼光。

當我去東京見綾音，她也會想到我住宿的飯店來玩。

但是萬一被拍到她進入飯店的瞬間，會造成相關人員的困擾。

即使去綾音居住的東京的公寓，也不知道會被誰看到。

因為不能鬧出緋聞、造成事務所的困擾，因此我們對於見面的地點非常小心。我們在夜晚的水族館、遊樂園、播放小眾電影的晚場電影院、星象館……等不容易被人看到的地方約會，綾音也一定會進行變裝。

即便如此，我仍舊不感到拘束。只要能夠和綾音在一起，我就滿足了。

像這樣跟她見面，有時我會懷疑這是不是夢，因為一切都太圓滿了。

「春人，怎麼了？」

「呃……沒事，只是因為太幸福了，所以想要好好感受一下。」

我這麼說，綾音便笑著看我。

我心想，眼前的幸福，有一天是否也會失去呢？

但是到了夏天、甚至秋天，我們的關係仍舊維持下去。

由於彼此都有工作，因此無法總是依照預定見面。碰到那樣的情況也會產生衝突，不過每一次我們都能順利和好。

我們在高中時期經歷過許多事情，因此關係相當穩固。在睽違許久、總算重新在一起的此刻，甚至感覺這樣的關係不可能被破壞。

我毫不隱藏地告訴她自己對她的愛意。這是高中時無法辦到的。綾音也同樣地對我表達自己的情感。我們以情侶的身分手牽手。

轉眼間，我們就交往了一年。這一年當中，和綾音在一起的時間似乎將過去的辛苦與痛苦都一筆勾消了。

就這樣，我在成年之後，首度有機會和綾音共度平安夜。

4

十幾歲的時候，東京對我來說是陌生的地方，離自己居住的地方很遙遠。不過透過和綾音交往，我對這樣的地方也逐漸習慣了。

我在飯店登記入住、放下行李後，前往和綾音約定的地點。

東京街頭的耶誕節燈飾相當華麗，不只是作為裝飾，還能讓人感受到經過設計的美感。像這樣的細節安排，大概就是所謂的都會風格吧？

「嗨！春人，你等很久了嗎？」

當我望著繽紛的燈飾時，忽然有一名可疑人物對我搭訕。

這個人就是把長髮綁成馬尾、戴上帽子、口罩和墨鏡變裝的綾音。我對於已經習慣這副可疑打扮的自己感到好笑。

綾音隨即跟我一起開始逛街觀賞燈飾。東京有各式各樣的燈飾景點，因此我們今天約好要一起逛這些景點。

我們也訂了餐廳的包廂，準備好好享用耶誕節晚餐。

「好久沒有像這樣跟你一起看耶誕節燈飾了。」

「上次應該是高二的時候，感覺已經是很遙遠的過去。」

「當時也在站前參加演唱會，真的好開心。後來還跟你交換禮物。」

我和綾音有說有笑地聊著往事。我們之間的對話沒有停止的時候，只要說一句話，就會源源不絕地引出更多的話。

當我們在逛燈飾景點時，周圍總是人山人海。

我看到有父親把小孩背上肩，讓孩子從高處看燈飾，母親則拿著手機替兩人拍照。

面對這樣的景象，我不禁感到羨慕。

如果和綾音繼續交往，我們有一天也能夠變成那樣嗎？

到了預定時間，我們前往餐廳。

我努力重金訂的耶誕節限定大餐，受到綾音的好評。

飯後我們搭乘巴士，前往今天最重要的約會地點。在距離都心稍遠的地方，有一座可以一覽東京街景的摩天輪。

——不過哪一天，我們一定要去搭摩天輪。可以選在耶誕節期間。

這是我們在高中時的約定，而我打算在今日實現。

就如我所預期的，摩天輪前方聚集許多人。我們兩人排隊等候，在談笑中，時間很快就過去了。

輪到我們時，在工作人員引導之下，我和綾音兩人坐上摩天輪。

坐在我對面的綾音小心翼翼地留意四周，然後取下墨鏡和口罩。

「太棒了，春人！這就是盼望好久的耶誕節摩天輪！」

「總算可以如願以償，真的是感觸良深。」

「沒錯！太棒了！太棒了！」

「妳可別興奮到讓車廂搖晃起來了。」

天真無邪地表達喜悅的她，看起來不像世人稱頌的天才歌姬，反倒像是普通的女孩子。

過了一陣子，綾音來到我旁邊，牽著我的手眺望外面的風景。

我過去也和綾音牽過好幾次手，坐在一起的次數也多到數不清。然而在如此狹窄的地方單獨相處卻是第一次，讓我不禁緊張起來。更何況只要眺望外面，就會看到整座東京都成了巨大的燈飾。

轉向旁邊，則看到綾音的一雙眼睛真的（不是比喻）在閃閃發光。

「感覺真令人陶醉。」

「嗯。」

「要不要接吻？」

「不行，誰知道會不會被人看到。」

「討厭！那你開些浪漫的玩笑吧。」

「什麼樣的玩笑？」

「比方說，『綾音，我面對妳就會成為傻瓜』之類的？」

「這樣很浪漫嗎？」

「『跟妳分開之後，我馬上又會想要見到妳』，這樣呢？」

「……被妳發現了。」

「因為我也一樣啊！」

綾音牽著我的手握得更緊，我也握緊她的手。

我告訴她：「去餐廳之前，我看到有一家人在看耶誕節燈飾。」

綾音似乎也看到同樣的景象，立刻說：

「就是把小孩背在肩膀上的那家人吧？」

「嗯。我當時覺得……很羨慕，希望我和妳有一天也能像那樣。」

「你在向我求婚嗎？」

「不是，我是在開玩笑。」

我苦笑著回答，綾音便滿意地抬起嘴角。

「這個玩笑不錯，我命令你繼續說。」

「命令我繼續說？妳是誰呀？」

時間變成摩天輪，緩慢地轉動。我在綾音催促之下，繼續說些令人害臊的耶誕節玩笑，

綾音聽了便發出愉快的笑聲。

走出摩天輪之後，我和再度變裝的綾音在附近散步。這一帶也是燈飾景點，讓人看得目不暇給，我們繼續說著玩笑話。

「春人，小孩子要取什麼名字？」

「談這個話題，感覺好像一對傻情侶。」
「至少在平安夜，應該要來當傻情侶。如果是秋天出生的男孩，就叫秋人吧？秋人是讀成ＡＫＩＴＯ對不對？」
「沒錯，不過等到他成長到青春期，知道自己名字的由來，應該會覺得很討厭吧？」
燈飾依舊很明亮，不知何時會熄滅，但夜已經越來越深了。
我們依依不捨，一直想繼續聊下去。
不過在過了十二點之後，我下定決心，走向計程車招呼站，準備把綾音送回家。
由於時間已經很晚，再加上距離都心較遠，因此這裡沒有人也沒有車。
「下次不知道什麼時候可以再跟你見面。」
等待計程車的時候，綾音的話變少了。
「妳在年底年初會很忙吧？」
「嗯……」
「不要擺出這麼沮喪的臉啦！我們今天真的玩得很開心。」
當我們在聊天時，我看到計程車朝著這裡駛來，就對她說：「看，車來了。」然而這時她卻把頭撞在我的肩膀上。

她低著頭，腳步似乎有些不穩。

「綾音，怎麼了？沒問題吧？」

「也許……有問題。」

或許是因為逛到深夜，把她累壞了。那就更應該讓她早點回家。我正這麼想著，綾音卻低著頭繼續說：

「……只要在床上稍微躺一下，應該馬上就會好了。」

「我知道了。計程車已經來了，妳要努力撐到自己家。」

「可是……我家離這裡有一段距離。你住的飯店在這附近吧？」

話題到這裡轉向了，我感到困惑，點了點頭。

「嗯，是這樣沒錯……」

我沒有立刻理解綾音想說什麼。

不過當我領悟到某件事，內心頓時緊張起來。

綾音抬起頭凝視著我，說出不能亂開玩笑的話：

「至少在耶誕節前夕的今天……我想跟你在一起。可以嗎？」

5

我在做夢。這是很淺的夢，彷彿伸出手就能觸及。
我又成為高中生，綾音在我身旁。
兩人在文藝社的社辦聊天——大概是在一起寫歌吧。
綾音臉上洋溢著幸福的笑容，而我在她的笑容中看到未來。
場景變了。成為大人的我們走在某個地方，那是街燈照亮的夜路。
綾音朝前方跨出去，轉身對我說：
「謝謝。」
為什麼？夢中的我覺得好像再也見不到她了。
明明沒有這回事。我們之間的關係明明才剛剛開始。
她面帶微笑，逐漸融化並消失。
我對她說再見，掉下眼淚。
在黑暗中醒來，我一瞬間不知道自己置身何處。

我抬起上半身環顧四周。這是毫無特色的一間簡樸的飯店客房。
對了，昨晚因為綾音央求，我們一起住進飯店裡。
剛剛的夢境突然讓我感到恐懼。
我想到綾音會不會在我睡覺的時候消失了。
但我不需要擔心，綾音正在我旁邊安詳地呼吸。
我在感到安心的同時，忽然想碰觸綾音，便摸摸她的頭。
我們很小心地分別進入這間飯店。在那之後，兩人之間發生的事都是順其自然的結果。
我從來沒有想過，像這樣的幸福會降臨到自己身上。
我摸著綾音的頭，似乎把她吵醒了，她張開眼睛。
「咦……這是夢嗎？」
這個問題讓我感到好笑，不禁回答：
「沒錯，這是夢。」
「這樣啊，真遺憾。我還以為終於跟春人共度平安夜了。」
「妳有什麼話想在夢裡說，或是想在夢裡做的嗎？」
「吻我吧。」

「呃，這個……」

「春人，你在夢裡還是這麼害羞。」

「我是為了不想破壞夢境，所以格外講究真實性。」

「希望我們可以偶爾像這樣在一起，我已經努力很久了。」

「的確，妳真的很努力。」

我摸摸她的頭髮表達慰勞之意，她突然抓住我的手，說：

「這不是夢嘛，我摸得到你。」

清晨天還沒亮時，我們再次小心地分別走出飯店。

一大早的東京很安靜，偶爾有汽車經過，但路上沒有行人。

我原本想叫計程車到飯店門口，不過綾音說她想要跟我走一段路，因此我就順從她的意思。我多少可以了解她想散步的心情。

雖然得到滿足，卻要再度承受離別的寂寞，因此兩人都變得沉默。

耶誕節結束之後，新的一年很快又要來臨，明年不知道會是什麼樣的一年。

接近計程車招呼站時，綾音對我說：「真的很謝謝你，答應我種種任性的要求。」

我擠出笑臉回應：「我才要謝謝妳，在百忙當中抽空見我。」

這時她注視著我，停下腳步。

「怎麼了？」我問她。

「我們明明還在一起，可是我已經感到寂寞了。」

「過年之後再等一陣子，我們又可以見面了。」

「嗯……的確，只能忍耐到那時候了。」

我們很幸運地看到一台正在等待的計程車。綾音上車之後，在車內對我揮手。

我也對她揮手，然後獨自走回飯店。

走在路上，我覺得好像已經沒有任何東西足以畏懼了。

人生當中會有各種不同的時期。有壞事連連的時期，也有一直都有好事發生的時期。我的人生中雖然也發生過各種狀況，不過現在卻很滿足。

雖然不能說一切都很完美，但是我過得還算順利，也認為今後都會持續下去。

年底年初雖然無法和綾音見面，不過她也給我一個好消息。

到了春天，綾音就出道第六年了，可以稍微放緩工作步調。綾音在業界努力到今日，已經建立一定的地位，因此這也是她贏得的成果。

像綾音這樣累積一定資歷的歌手當中，也有人會暫時停止活動，而她似乎也在考慮這樣的選項。

年初時，我也因為工作開始而忙碌，不過在月底之前，忙碌的步調總算放緩。等到綾音的工作也告一段落，我們在一月底重逢。

綾音因為年底年初相當忙碌，身體狀況似乎不太理想。

「對不起，我好像有點感冒了。」

我們約在東京那家常光顧的老舊咖啡廳。綾音很喜歡這間店的咖啡，每次造訪就會點咖啡和巧克力。

「……大概是因為身體狀況的關係，明明很期待，可是卻一點都不覺得好喝。」

綾音沮喪地這麼說。我開始擔心綾音的身體狀況，建議她今天先回家休息，但她卻說「不要，我想要跟你在一起」，不肯聽我勸說。

綾音又點了一杯飲料，然後在飲料端來之前離席去補妝。

我代替綾音喝了一口咖啡。

咖啡很好喝。綾音會覺得這杯咖啡難喝，也許真的是身體狀況不太好吧？否則味覺不可能會突然改變。

我這麼想著，腦中突然閃過一個念頭。

綾音回到座位之後，我緊張地問她：

「那個……妳該不會是懷孕了吧？」

綾音驚訝地說「不可能吧」，不過還是把手放在肚子上。

有原因，才會有結果。如果真的是這樣，我就必須認真接受這個事實。我感到尷尬，但還是面對綾音。

我不知道綾音會如何看待這件事。

她露出喜悅的微笑，對我說：「我下次去醫院檢查看看。」

兩星期後，綾音在女性經紀人陪伴之下前往醫院。

她預定在上午到婦產科檢查，下午則進行詳細的健康檢查，確認身體狀況有沒有問題。

當天午休時間，我緊張地等候綾音的聯絡。

『上午的婦產科檢查依照預定時間結束了！』

「結果如何？」

『我想直接見面告訴你，所以你安排一下時間吧。我好久沒有回老家，也許可以由我去找你。』

光憑這段對話，我就知道結果了。

由於綾音必須提前規劃行程，因此她當場決定下週末回到家鄉，說可以利用連假待三天左右。

6

當天中午，綾音從鄰鎮較熱鬧的車站直接搭計程車到我家。

我從司機手中接過綾音的行李，帶她進入屋內。

「你現在自己一個人住在這裡吧？」

「是啊，不知不覺就已經習慣了。那個……妳的身體狀況還好吧？」

「嗯……謝謝你的關心。」

不知道為什麼，或許是我多心了，總覺得綾音笑得有些僵硬。

綾音說她想在佛壇替我的祖父母上香，我便陪她一起上香，接著我們在餐桌前一起用餐。雖然稱不上豪華，不過我盡可能細心地準備了午餐。

綾音看到我親手製作的料理很驚訝，不過還是吃得津津有味，讚賞很好吃。

我替她準備熱飲，然後兩人繼續坐在餐桌椅上，悠閒地享受飯後的時間。

在這段時間，我想要問她婦產科檢查的結果。

「妳檢查的結果怎麼樣？」

我這樣問她，她便迴避我的視線，低調地微笑。

「關於那件事……」

她把手放在肚子上，低下頭。

情況不太對勁。從她傳給我的簡訊看來，應該是懷孕了沒錯，可是她的反應……

「因為是很重要的事，所以可以等明天再說嗎？」

綾音抬起頭之後這樣說，我只好點頭。我想到，也許是在發現懷孕之後發生了某件事，而且是不太好的事。

關於懷孕的話題，未必會帶來喜悅，有時也會遇到悲傷的情況。

「對了，春人，我差不多想要去放行李了。」

綾音對我這麼說，我便帶她到打掃過的客房。在她解開行李的時候，我忽然想起一件事，回到自己的房間。

手帕、詩集、還有信。

我把綾音在高中時給我的東西擺在桌上。我原本想要趁這機會和她一起回顧這些東西，不過看氣氛並不適合做這種事。

綾音似乎懷有很深刻的煩惱。

我在收拾桌上的這些東西之前，一一拿起來檢視。

和綾音分開的三年半當中，我沒有重新讀過離別那一天她給我的信。然而我也無法把這封信丟掉，因此一直留在身邊，現在則成了我的寶物。

「咦？等一下，那該不會是……我給你的信？」

當我正在瀏覽這些東西時，綾音不知何時來到我房間。

我因為太過突然而嚇了一跳，悄悄地把手中的信放回桌上。

「呃，這個……對呀，怎麼了嗎？」

「我已經放好行李了，所以想要去叔叔那裡打招呼……那些是我以前給你的東西吧？詩集和手帕也是，還有那封信。」

綾音露出有些尷尬的笑容，對我說：「那封信很丟臉，還給我吧。」不過我回說我想珍惜地保留它，綾音便不情願地答應了。

在這樣的對話當中，兩人之間總算恢復了笑容。

我去年取得駕照，因此打算開車送綾音到正文先生那裡。

我讓綾音坐上熱愛汽車的ＫＥＮ給我的一台古董車。

「讓你開車載我，感覺好新鮮，而且這台車看起來好漂亮。」

「這是ＫＥＮ精挑細選收藏的車子，據說修理也很簡單，可以開很久。」

我抓著老式的方向盤駕駛，前往瑪莎義大利小館。綾音事前聯絡了正文先生，因此他會在午餐營業時間結束後等我們過去。

我想到他們兩人或許有些話想私下談，因此在送綾音到達後就先回家。

傍晚時分，我得到聯絡，便去接綾音。

當我抵達餐廳時，正文先生和綾音剛好走出來。

不知為何，正文先生的表情似乎很凝重。

次日因為綾音提議，我們在中午過後便開車逛本地。

「對了，學校那間舊社辦現在不知道怎麼樣了。」

我們逛了許多地方之後，綾音這麼說，於是我們開車到學校去看看。

由於今天是星期天，校園裡沒有很多學生。我們先到教職員室打招呼。假日上班的職員很少，也沒有認識的老師。我們向一名看似體育老師、穿著運動服的老師說明自己是本校校友，這位老師認出綾音，驚訝地瞪大眼睛。

「我聽說過妳是本校的畢業生，原來是真的，嚇我一跳。」

我們向這位老師借了舊文藝社的社辦鑰匙。

很遺憾地，明年這棟舊社辦大樓就預定要拆除。

我們站在懷念的社辦門口，用鑰匙開鎖之後，我握住門把說：

「對了，我先去檢查一下有沒有老鼠，妳在門外等一下。」

綾音聽我這麼說就笑了。

我檢查完畢，到外面招呼綾音，她也走了進來。

綾音感觸良深地環顧四周，我打開窗戶，讓新鮮的空氣進入室內。

這裡在最後造訪的那一天之後，就沒有任何變化。

回想起來，和綾音在一起的日子就是從這裡開始的，這裡留下了許多我們之間的回憶。

我們在這裡作曲，有時會吵架，有時彼此說笑……

「跟春人在一起的日子，就是從這裡開始的。」

綾音似乎也在想同一件事，開口這麼說。我點點頭。

「是啊。長大之後，能夠再度跟妳來到這裡……我覺得很高興。畢業典禮之後，我們兩人一起整理這裡的時候，我以為跟妳在一起的日子結束了。不過現在，我們卻能夠繼續在一起，今後一定也……」

我正沉浸在感動中，綾音卻有一瞬間露出痛苦的表情。

不對，不只是一瞬間，綾音確實顯得很痛苦。

「綾音？」

我用詢問的語氣呼喚她的名字，她便低下頭。

「對不起……我昨天沒有立刻告訴你很重要的事。」

綾音突然向我道歉，我不禁感到緊張。

綾音大概準備要說出自己懷孕的事。

「關於婦產科檢查的結果……」

「嗯。」

「就像你說的，我懷孕了。」

綾音仍舊勉強擠出笑容，向我報告。

那麼我也必須回以笑臉。

即使在這之後，會聽到悲傷的消息。

「這樣啊，嗯……遇到這種情況，真不知道該說什麼。」

我為了避免傷害綾音，盡可能慎重地選擇字句。

這時綾音再度露出痛苦的微笑。

「陪我一起去檢查的女經紀人也替我高興，她說要去和公司談懷孕的事，決定今後的各種計畫，像是宣布暫時停止活動之類的，我當時真的很高興。」

綾音用顫抖的聲音努力說到這裡。

但是她似乎已經達到極限，標緻的臉孔因為悲痛而扭曲。

「可是，可是……下午開始進行詳細的健康檢查，結果……」

我面對綾音，身心都變得緊繃。

詳細檢查的結果，是否得知了悲傷的消息？

該不會是綾音的身體無法孕育肚子裡的孩子？

我曾在職場聽過這樣的狀況。

「我、我……」

即使沒辦法生孩子，也不需要為此感到痛苦。

我們在一起吧。我還是會繼續待在妳身邊。如果妳為了這件事傷心，那麼我會一直陪在妳身旁，沖淡妳的痛苦。

我愛妳，綾音，我打從心底愛妳。

然而綾音接下來說出的話，卻完全超出我的預期。

「我只剩下一年半的性命了，我得了這樣的病。」

第五章　不久之後，以愛之名

1

說明過與綾音重逢的經過之後，現在即將談到與她的離別。

接下來的話題，不論是說的人或聽的人，都必須做好心理準備。

「……妳如果想繼續聽下去，就等演唱會之後再說吧。」

我如此提議，在我身旁一直傾聽的「她」便點頭。她似乎想打破兩人之間凝重的氣氛，用開朗的語氣對我說：

「這樣也好，首先要讓今天的演唱會成功才行。你要努力帶領大家演奏喔！」

我雖然努力苦練過吉他，但這個要求對我來說太艱難了。

我苦笑著點頭。距離演唱會的時間越來越接近。

我回到休息室進行準備，ＹＯＳＨＩ就來鼓勵我。

「第一次大概會比較緊張，不過你盡量開心地演奏吧！音樂的輪廓會由我們來維持。」

他實在是太可靠了，讓我感到高興，我對他鞠躬說：「請多多指教。」

這時「她」似乎也想要得到鼓勵，開始纏著ＹＯＳＨＩ說：

「ＹＯＳＨＩ，你不給我建議嗎？」

「事到如今還問？沒什麼建議耶。」

「什麼！」

「啊，我想到了，妳不要太擔心春人。」

其他樂團成員也紛紛加入對話，氣氛變得相當熱鬧。

「總之，今天就是最後一場演唱會了。希望你們兩人都不要留下任何遺憾。」

ＹＯＳＨＩ如此作結，我跟她便彼此對看一眼。

演唱會的時間終於來臨。

我們拿著各自需要的東西，從休息室前往舞台。我們穿梭在觀眾席之間前進，聽見輕微的歡呼聲。到了舞台上，我站在她的右後方。

我把裝置連結到吉他上，輕輕撥了一下琴弦，接著檢視音箱調節鈕，確認沒有問題。

接下來只要等待她的指示。

我注視著她纖瘦的背影，看到她深深吐了一口氣。

接著她在背後比了手勢——開始了。

我的腦中有一瞬間變得空白。

不是因為緊張，而是因為她的歌聲。平常我總是以觀眾的身分在前方聽，但沒想到從後面聽，她的歌聲仍舊這麼震撼人心。

我的注意力雖然短暫地被拉走，但手指並沒有停下來。反覆練習派上了用場。我拚命地跟上大家。

……綾音能想像到我現在這副模樣嗎？

我緊緊依附在這個世界，至今仍拚命地活著。我接受綾音指導，並由ＫＥＮ加以訓練，此刻在這裡展露拙劣的吉他技巧。

第一首歌唱完之後，她開始介紹樂團成員。

我不知道有這樣的環節，因此感到慌亂，不過還是在她介紹到我的時候撥了一下吉他回應。

繼第一首歌之後，接下來繼續演奏她創作的歌曲。

我變得稍微從容了些，俯瞰觀眾席，看到ＫＥＮ交叉雙臂，以包容的微笑看著我們。我曾經在他面前大哭過，那彷彿也是很久以前的事了。

正文先生也從廚房走出來，感觸良深地注視舞台。

環顧觀眾席，有不少熟悉的面孔，也有從綾音在這裡唱歌時就常來捧場的客人。今晚他們會容忍我拙劣的演奏嗎？

演唱會持續進行，吉他、貝斯、鼓及鋼琴的聲音交織在一起。

接著她開始歌唱。

直到現在，我們依舊留在這世上生活，這是綾音也想生活的世界。

當我回過神來，演唱會已經結束了，我氣喘吁吁，汗流浹背。

「謝謝大家！」

觀眾席響起稱得上喝采的掌聲。

我努力調整呼吸，低頭看掛在肩膀上的綾音的吉他。

我心中湧起一陣情緒，不禁拿起吉他凝視。

表面擦得像鏡子般光滑的吉他上，映出某個人的臉。

那是在失去心愛的人之後繼續活下去、變得比當時蒼老的我的臉。

「辛苦了，爸爸。」

剛剛唱完歌的最愛的「她」——我的女兒——走過來對我說出慰勞的話。

演唱會結束之後，我們在餐廳和大家熱鬧地吃過晚餐，告別之後回到自己家。到家時已經是晚上九點左右。

我坐在餐桌椅上稍作休息，女兒便替我準備熱飲。

「可以繼續告訴我接下來的故事嗎？」

她邊說邊把咖啡遞給我。我接過杯子，點點頭。

2

當綾音告訴我，她剩下的生命不久了，我有好一陣子無法思考。

為了讓處於這種狀態的我也能夠理解，綾音忍住淚水，慢慢地對我說明。

綾音的疾病和免疫系統有關，情況很嚴重。這種疾病因為沒有明顯的自覺症狀，因此通常是在健康檢查時偶然發現，或是在症狀出現的末期發現。

綾音運氣很好，在發展到末期之前發現，因此我原本以為應該可以治好。

不過事情似乎沒那麼簡單。

據說這是原因不明、也沒有明確治療方式的絕症之一。

即便在今日，世界上仍有許多人受到這個疾病折磨，人生遭到破壞。

就像現在，我們的人生也遭到破壞。

「都是我不好……」

我喃喃地說，綾音便擔心地注視我。

「都是因為我勸妳去當歌手，妳一直很忙，一定是因為這樣……」

「不是這樣的。」

綾音明確地否定我的話。

「經紀人似乎也感覺自己有責任，特地在我面前詢問醫生。不過醫生說，跟這個沒關係……會得到的人不論如何就是會得到，所以即使我沒有成為歌手，也有可能得到這個病。」

不論有沒有當歌手都會罹病——也就是說，是命運嗎？

面對這樣的事實，我不知道自己此刻的情感處在什麼狀態。我不知道該如何整理心情並接受這件事。

我心中只想著……為什麼是她？

為什麼是綾音？應該沒有必要是她才對啊。

譬如說，即使是我罹病也沒關係。能不能讓我代替她？拜託。

綾音受到許多人的喜愛，活在許多人的心中。

上帝那傢伙，到底懂不懂這代表什麼意義？

如果她離開，會有許多人為她惋嘆、悲傷，感覺心中好像被挖空一般。

可是，可是為什麼……為什麼……

「為什麼是妳？」

我原本想要把這句話藏在心裡，卻不禁脫口而出。

我的身心都在顫抖，彷彿置身於寒冷冰凍的世界。

在這樣的世界，綾音仍努力地想要微笑。

別這樣，不要用那種表情微笑。

妳一定很悲傷。明明很悲傷，就不應該笑。

「幸好是我。」

綾音開口說話，聲音在顫抖。

「如果是春人……我一定無法忍受。就算是叔叔、KEN或是其他照顧我的人得病，我也會受到很深的創傷，但如果是自己，我就能忍受。」

我默默地凝視說這種話的綾音。

我過去從來沒有提出過任性的要求。

不論是面對祖父母、老師或是上司，我總是表現出沒有絲毫問題的態度。

對於命運，我應該也是順從的。

「不要。」

然而到了此時此刻，我首度提出任性的要求。

「我不要這樣，我不承認這種事。」

我有生以來第一次鬧脾氣，堅持主張：不要，我不要這樣。明明已經是大人了，已經懂事了，知道這世上有些事情是不論如何抗拒都無法改變的，但我仍舊提出任性的要求。

綾音看著這樣的我又笑了。她明明很悲傷，卻在笑。

「春人，我能遇見你，真的很幸福。」

不要說得像過去式一樣。

「因為遇到春人，我才能變成歌手。能夠靠歌唱活下去，知道原來人生是非常棒的東西。」

那就不要把它變成過去式。

如果妳感到幸福，那麼今後這樣的幸福還會繼續下去。

我們今後會變得更幸福，人生會變得更美好。

重要的是未來。綾音，我們來談談未來吧！

如果不行，那麼就來說些廢話也好，妳可以儘管對我提出任性的要求。

無論是作詞、街頭演唱、念書、去遊樂園、牽手或是接吻。

我會實現妳的任何要求。

不知為何，我忽然想起高中時兩人認識之前的綾音。

她被稱作鐵娘子，以緊繃的表情獨自仰望天空。

當時我以為自己永遠不會和她產生任何瓜葛。

我以為我們只是碰巧在有限的高中時期待在同一班，過了這段期間就再也不會碰面。

——水嶋，你在寫詩嗎？

然而妳卻對我說話。妳和我一起寫歌，並且在我面前展露各種表情。

我當時很高興，很快樂。

我原本以為只能在詩中找到喜悅。我當時覺得這樣也好——我能夠在詩中看到其他人所不知道的光輝，這樣就夠了。

但在和妳交流當中，我了解到，還有更光輝燦爛、更為美好的東西。

雖然絕對不會說出口，但我卻感受到了。

在我身旁的妳，綻放著那樣的光芒。

「為什麼、為什麼？」

從我口中發出的嗚咽聲讓我感到驚訝，當我真心哭泣時，喉嚨便發出奇怪的聲音。

面對心愛的人即將死亡的事實，我的身體已經顧不得姿態。

「我沒辦法相信。」

我擦拭著眼淚哭訴，綾音則悲傷地看著我。

我不願接受這樣的事實，綾音明明如此生動地活著。

她總是喜歡捉弄我，不停地變化表情，活動著、歌唱著、演奏著。

愉快地笑著……

如果死了，就連這些事都無法做到。

失去所有恢復的可能性，就是「死亡」這種現象。

我的心在顫抖，含著淚水的嗚咽聲也在顫抖。

我無法容許這種事。這種事不應該發生。我感到憤怒。幾乎沒有生過氣的我，對上帝那傢伙生氣。但我無計可施，只能懇求。

求求您，我不會再抱持不切實際的期望。

即使跟綾音分隔兩地也沒關係，只要她能好好活著就好。

所以請別讓這件事作數，我是打心底愛著她。

「妳真的會死嗎？」

這樣的祈禱也無濟於事。綾音在我詢問之後，隔了很長一段時間才回答：

「嗯……對不起，這件事沒有搞錯……我會死。」

＊＊＊

這並不是能用「命運」一詞簡單帶過的問題，我倆之間的關係也是無法輕易放棄的。

然而現實就是，綾音罹患絕症，而且又懷孕了。

我不能單單處於悲傷，我必須在接受事實後，思考將來該怎麼做。

接下來的發展，或許看著綾音留下的東西會比較容易想像。

於是我拿出一樣東西，放在女兒面前。

「這是什麼？」

「這是妳母親生前寫下的東西。」

那是綾音親筆寫下的文字。

女兒拿起它，感觸良深地開始閱讀。不久之後她就問我：

「……這是指我吧？」

女兒指的地方，以條列式寫了以下內容：

・生下我跟春人的孩子

這樣的清單似乎稱做Bucket List（死前願望清單）。綾音像這樣把自己死前想要實現的心願寫在紙上。我是在她死後才在遺物中發現這份清單，她在世時，我並不知道她寫了這些心願。

我推測她大概是在跟我談過之後，回到東京的那段期間開始寫的。

「沒錯，綾音寫下的第一個心願就是這個。」

我回答之後，女兒花了一段時間檢視內容，然後淚眼汪汪地問我：

「你可以詳細告訴我寫在這裡的清單內容嗎？」

我答應她，然後和她一起看著清單，繼續述說。

＊＊＊

在我得知綾音的病情之後，世界依舊一如往常地運轉。

幾乎沒有人知道，她的性命已經剩下不到兩年了。

我們回到家之後，盡可能裝作沒有發生過任何事般，不過並不是很成功。吃飯時，我也幾乎食不下嚥。

「春人，你今天遇到這麼多事，應該也累了吧？我們還是早點回到各自的房間睡覺好了。」

綾音體貼地對我這麼說，我回到房間上了床。

時間一分一秒過去，我的思緒仍在到處徘徊，遲遲無法睡著。

然而，在我悲痛欲絕的當中，胎兒仍持續成長。

我們必須針對這件事討論。

我忽然想到綾音現在不知道怎麼樣了。她是個堅強的人，在我窩囊地哭出來時，她仍舊忍住淚水。

我想到她也許在睡覺，因此躡手躡腳地前往一樓的客房。

房間裡傳來綾音啜泣的聲音，我好像聽到她在呼喚我的名字。

唉，我真的是大笨蛋——我心想。

我應該一開始就想到，罹患疾病的她本人，其實是內心最惶恐的。

我現在卻把她獨自留在黑暗中。

我鼓起勇氣敲門，聽到好像在擤鼻涕的聲音。

『春人？』

「嗯，我現在可以進去嗎？」

我再次聽到擤鼻涕的聲音。

『可以，不過先等一下……啊，可以請你幫我倒一杯水嗎？』

綾音似乎努力想切換自己的心情。我拿著裝了水的杯子回來，她雖然眼睛紅腫，但還是讓我進入房間裡。

「我現在的臉不能給人看到，所以還是別開燈吧。」

綾音打開窗簾，蒼白的月光便照進房間裡。

我們兩人坐在窗邊的地板上，我把杯子放在附近，杯中的水被染成深海的顏色。

獨自一人時是那麼不安，不過當綾音在我身旁，內心的不安就稍微沖淡了。

我體認到自己非常需要這個人。

然而我卻即將要失去她。

我沉默不語，綾音便牽起我的手，而我也握住她的手。

在這當中，我思索著該如何談起今後的事。

不過想到一半，我就放棄了。

人類是理性的動物，只要使用腦筋，就會開始計算。

所以我決定順從自己的內心，我要說出自己內心的話。

「我永遠都不會再放開妳了。」

這就是我的心做出的決定。即使她生病，即使她會死，我仍會一直陪著她。然後……

聽到我說的話，綾音的身體變得僵硬。

「很遺憾，這一點沒辦法實現，我們沒辦法永遠在一起。」

「即使不能，也要在有限的時間裡盡可能在一起，我和妳，還有……」

我在說話的同時，偷偷瞥了一眼綾音的肚子。

綾音想怎麼做？

雖然必須慎重地考慮，不過我覺得像這樣去刺探，身為男人實在是太低級太惡劣了。

也因此，我決定先說出自己的想法。

「我知道應該要跟醫生好好討論對身體的負擔、還有病情進展等等，不過如果可以的話，我希望妳能夠生下來。」

綾音沉默了片刻。

「老實說，我在東京和了解病情的醫生討論過。聽說因為沒有案例，所以無法斷定……不過醫生說，生產是可能的，藥物也不會對肚子裡的孩子造成不良影響。」

在安靜的房間裡，我注視著綾音平靜的眼睛。

接著綾音用顫抖的聲音問我：

「不過如果生下這個孩子，不會造成你的負擔嗎？」

「為什麼？」

「因為我……會死，就算能夠生下孩子，也會留下孩子死掉。」

「妳不需要去想以後的事。」

「以後的事，是指我死掉之後的事嗎？」

我感覺到內心受到沉重地刺擊。我忍住虛幻的疼痛，老實回答：

「沒錯，妳只需要思考現在的自己想怎麼做。」

這時綾音毫不猶豫地斷然說：

「我想生下來。」

「那我們結婚吧。」

「不會對孩子造成困擾嗎？」

「也許會吧。」

我毫不掩飾地這麼說，綾音便沉默不語。

「不過就因為這樣，才有我在。妳不需要擔心任何事。」

我回想起自己的孩提時代，繼續說：

「也許因為妳不在，孩子有時會感到迷惘，也可能會感到悲傷，不過因為我自己也是從小失去雙親，所以能稍微理解孩子的心情，也能夠貼近孩子的立場。」

我也不是從小學或國中時，就像現在的自己這樣。

我曾經因為種種原因而受傷，也曾經放棄希望。我也曾自暴自棄地覺得，沒有任何人了解我，把無法說出來的吶喊寄託在詩中。

但其實我一直都希望有人能夠看穿這樣的自己。

我希望有人把手放在我的頭上，撥亂我的頭髮，摸我的頭，對我說「你那些渺小的煩惱其實是很常見的」。

「因為我自己也有相似的經歷，所以或許我能夠了解孩子，聽孩子任性的要求，並且一起克服煩惱——不，我一定辦得到。我會好好疼愛綾音和我的孩子。即使沒有母親，我也會把這個孩子養育成體貼率直的孩子，能感謝生了病仍把自己生下來的母親，並且以母親為榮。」

我以堅定的語氣說完之後，黑暗中有東西在發光，並且滑落下來。

「所以妳只要在意自己現在的心情就好了。」

淚水持續從綾音眼中湧出來，但她還是努力回應我：

「我……想生下你跟我的孩子。生下來之後，我要一再告訴孩子，謝謝你出生。我要把自己想聽到的話……全部都對孩子說。」

＊＊＊

就這樣，我們決定把孩子生下來。

我和綾音兩人在各自的人生當中，都曾遇到種種問題。

不過今後，對兩人來說最重要的事，就是生下這個新生命。

在這之前，綾音必須先為自己的歌手事業做一個了結。

這也是她所追求的。在她留下的願望清單當中，列出了以下的心願：

・舉辦告別演唱會，向歌迷道謝

・完成那首歌，在演唱會中發表

＊＊＊

在我們決定生下孩子的三星期後，歌手綾音宣布要退出樂壇。她也公布了告別的理由：她罹患絕症，只剩下一年半的性命。

各家媒體都報導這則新聞，引起很大的騷動。

她的粉絲都感到不知所措，他們深受打擊，知道這是事實之後，又陷入極大的悲傷。

照理來說，在宣布病情的同時，也可以直接結束歌手的活動。

她的粉絲雖然會感到遺憾，但也一定能夠諒解。

「不過，因為粉絲的支持，我才能一直唱到現在……所以在離開之前，我想向他們道謝。我也想要完成那首歌，最後在舞台上發表。」

「那首歌」是指綾音自己作詞的〈春天的人〉這首歌。

在宣布引退之前，綾音隸屬的唱片公司就在準備告別演唱會。這並不是綾音單方面的任性之舉，而是唱片公司也希望舉辦的。

關於綾音想要完成那首歌的意願，唱片公司也表示同意。

不過在完成的過程中，不是委託長年合作的作詞家，而是由我來負責作詞。這一點是基於綾音的要求，她希望能夠像以前那樣一起寫歌。

那首歌原本是綾音為了呼喚我而做的。照現在的歌詞，針對個人的訊息太過強烈，因此我們討論之後，決定先從這一點修起。

這時我忽然想到奇妙的緣分。

綾音第一首歌是由我來作詞，而現在我正要為她最後一首歌作詞。

「沒想到還能像這樣，跟春人一起寫歌。」

決定生下孩子之後，綾音就再也沒有回頭。

隨著引退，要做的事有很多。綾音回到東京，直到演唱會結束前，都會待在那裡，而我則繼續留在家鄉。不過我們的心仍舊聯繫在一起，透過手機，我們面對面一起寫歌。

這是我和綾音集大成的歌，必須讓它成為最高傑作才行。

經過一再的修改，我們總算完成了理想的歌。要呈給看過無數作品的唱片公司人士時，老實說我很緊張。不過，綾音和唱片公司的人都很喜歡這首歌。

「過去我用各種不同的歌詞唱過，不過還是春人的歌詞最棒，感覺這才是我真正要唱的歌，我好期待唱這首歌的那一天。」

當時綾音還很有精神。

雖然為了準備演唱會而忙碌，但只要見到面，她就會露出開心的笑容。

那時還完全看不到死亡的陰影。

另一方面，綾音宣布引退與病情引起的騷動遲遲沒有平息。我周圍的人也受到影響，比我資淺的女職員當中甚至有人因為太震驚而請假。上司雖然把這件事當笑話，不過在日本各地大概都發生了類似的事件吧？

為了粉絲，必須要讓最後的告別演唱會成功。

綾音雖然有時因為害喜而不太舒服，但仍順利迎接告別演唱會的日子。

她原本想舉辦巡迴演唱會，向全國歌迷致意，但考慮到懷孕初期的狀況和病情，最終決定只在東京舉辦一天。

屆時綾音會發表告別的歌曲，並且報告懷孕的消息，向粉絲道別。

我在相關人員座位區觀看演唱會，正文先生也放下餐廳的工作，跟我一起觀賞。

有生以來，我第一次親身體驗這麼多人齊聚一堂的場面。

可以容納將近五萬人的大巨蛋都坐滿了。

當演唱會開始，綾音在雷鳴般的歡呼聲中出場，唱了第一首歌。

伴奏成員有ＫＥＮ和ＹＯＳＨＩ的身影。他們原本屬於技巧派，此刻卻異常地讓樂器發出嘶吼般的聲音，並以一般人大概會手指抽筋的速度彈奏。

我和綾音也把兩人的共同決定告訴他們和家鄉的其他人。他們身為成熟的大人，冷靜地聽我們說完，告訴我們有任何困難隨時可以找他們商量。

只有KEN一直處於茫然的狀態，讓我印象深刻。

第二首歌開始之前，綾音向全場觀眾宣布自己生病的事。

這是綾音首度親口說明自己的病情。

粉絲紛紛高喊鼓勵她的話，這時，會場內已經有人在喊「謝謝」了。

接著唱起第二首歌。這場演唱會彷彿回顧她的歌手生涯般，依序表演她的暢銷歌曲。

我環顧會場，看到有好幾名粉絲呆呆佇立在原地流淚。

綾音活在許多人的心中，這就是她活過的證明。

演唱會持續進行，綾音在串場談話中不時逗笑觀眾，也會談起過去的事而哽咽。

就這樣，綾音即將完成超過一小時的演唱會。

演唱會的結尾要唱那首歌，快樂的時間總是轉眼就過去了。

「接下來終於要唱最後一首歌了。這首歌原本只會在現場演唱會中唱，現在也是我要表演的最後一首歌。我終於見到春天了，所以這首歌的標題和歌詞也經過更動。接下來請聽這首，〈春天的歌〉。」

ＫＥＮ演奏出纖細的前奏旋律。為了讓粉絲能夠回憶綾音的過去，前奏應唱片公司要求改得較長。

現場的大螢幕從各種角度映出綾音的臉。

最後的歌開始了。

這是透過季節唱出綾音人生的歌。具有閱讀障礙的她努力掙扎，找到自己生存的道路，綻放花朵並成長茁壯。

然而疾病宛若不祥的北風般吹來，讓人預感到死亡的冬天來臨。

在這樣的生活中，仍舊存在著宛若春天的希望。

春天總有一天會來臨。

被病魔侵襲的綾音最後演唱的歌，就是這樣的希望之歌。希望也代表孩子，這也是期待今後要誕生的孩子的歌。

綾音沒有閉上眼睛，唱出我們一起討論並創作的這首歌。她環顧會場，注視著每一位粉絲，彷彿是要牢牢記在心中一般。

綾音留下的希望之歌，迴盪在會場。

演場會事先約定沒有安可曲。當此刻的美妙歌聲結束，綾音就要正式引退了。

大家心裡一定都在想，希望她能永遠唱下去，希望能夠一直看著她的身影。

但這是無法實現的願望。

因為她的身體、她的生命，即將在一年半之後枯萎。

粉絲原本狂熱的聲音，隨著歌曲結束的預感而減弱。

歌曲唱完，掌聲響起，接著是靜寂。

綾音有些氣喘吁吁地對粉絲說話。

「真的非常感謝大家，長久以來一直聽我唱歌。」

接著她談到自己現在的心境、自己的生平，以及與最愛的人重逢的事。

她也宣布她懷孕了，希望能夠在死前生下孩子。

「我現在……非常期待明天，我期待著也許能夠見到孩子的明天。」

綾音努力微笑，說出對明天的希望。

「在此同時，我也感到有些害怕。我害怕離開這個世界的日子變得更接近的明天。」

這也是她毫不虛假的真心話。

「兩年後的世界裡，我已經不存在了。不論再怎麼掙扎，都無法超過兩年。即便如此，只要我還活著，就希望能夠繼續保持笑容。我會回想起和大家一起度過的這些日子，並且祈禱大家的明天都會比今天更好。」

最後她鞠了一躬。

「真的非常感謝大家，長久以來一直聽我的歌。」

就這樣，綾音結束了自己身為歌手的角色。

在她鞠躬的同時，震耳欲聾的掌聲響徹整座大巨蛋。

所有粉絲都紛紛喊出各自內心的話。

會場到處都有應該是粉絲自製的特大橫幅標語。

謝謝妳，綾音。

橫幅上都寫著像這樣的感謝文字。

上面的字體很大，一定能夠讓她看見。綾音看到了，用手摀住嘴巴。

在眾多的感謝當中，綾音結束了這天的活動。

3

．直到最後一天，都要和春人在一起
．我想要舉辦婚禮

綾音回到家鄉之後，我們就開始一起生活。
我們登記結婚，並基於綾音的希望，舉辦小型的婚禮。
雖然出席的賓客不多，不過這是一場洋溢著幸福的婚禮。在鄉下舉辦婚禮，有鄉下特有的優點。小丘上有一間可以眺望大海的禮拜堂，在那裡，我和穿著純白新娘禮服的綾音互換戒指。KEN、YOSHI、樂團成員及正文先生還有餐廳的常客都前來祝福我們。
稍早之前，我就辭去了鎮公所的工作。雖然不能說完全沒有留戀，但是對我來說，重要的是要陪伴在綾音身邊。
我們一起去選擇家具，改裝祖父母留下的房屋的一部分，開始共同生活。
我們隨著朝陽升起而起床，打招呼之後悠閒地做自己喜歡的事。
沒有任何東西逼迫我們做任何事。我們就這樣過著平靜的生活。
綾音請東京的專門醫生寫了介紹信，完成轉入地方醫院的手續。病情雖然似乎仍舊緩慢地進展，但並沒有出現症狀，因此綾音過得很平穩。

「我從來沒有想過，可以跟春人過著這麼悠閒的日子。」

「妳之前一直都沒辦法休息，所以至少現在就放慢步調吧。」

我和綾音嘗試去做各種事。

後來我才知道，那些事都是她寫在清單中的內容。

她說想去釣魚，我們就一起去釣魚；她說想去泡溫泉，我就開車載她到隔壁縣去。

綾音一直面帶笑容，甚至讓我覺得也許疾病根本不存在。

至少當時在兩人之間，並沒有絕症這樣的障礙物。

不過那是在綾音的病情還沒加重、肚子也還沒有變大的時候。

在孕期進入第六個月、肚子開始變得明顯的時候，綾音的身體開始出現狀況。這段期間是胎兒急速成長的時期，因此對綾音的母體造成負擔。

由於綾音罹患疾病，不確定會因為什麼樣的導火線使得母子陷入危險狀態，因此決定要住院檢查。

我對如此急遽的變化感到惶恐。不久之前，綾音還顯得那麼健康，甚至說想再跟以前的樂團成員上台演唱。

「春人，對不起，讓你擔心了。」

躺在醫院病床上的綾音歉疚地向我道歉。

「我不會在意那種事，妳一定很快又會好起來的。」

「嗯。我還有好多事想跟你一起做，你一定要陪我喔！」

我依照她的要求，陪她做她想做的事。即使在住院期間，也有一些事是可以做的。

綾音把這些也用文字記錄下來。

・教春人彈吉他

我順從她想要教我吉他的願望，在醫院屋頂向她學習。

綾音稱讚我很有天分，並且把她從以前就在使用的電木吉他送給我。我回家後也繼續一個人練習。

綾音說她希望有一天，能夠在我的伴奏中唱歌。

我打算為她做任何事。當持續當職業樂手的ＫＥＮ返鄉時，我會拜託他在晚上替我特訓。

「你打算為自己心愛的人彈吉他嗎？」

休息時，他突然對我說這種話。客觀來看，這麼說或許也沒錯。

「春人，你也稱得上是搖滾樂手了。」

我不禁苦笑。接著我以輕鬆的語氣隨口問：

「ＫＥＮ，你也曾經為心愛的人彈吉他嗎？」

這個問題讓我毫無預期地知悉ＫＥＮ的祕密。

「也許吧。不過自從我太太和孩子過世之後，我就失去了目標。」

「什麼？你結過婚？還有小孩……」

我知道貝斯手ＹＯＳＨＩ有家庭，不過我一直以為ＫＥＮ是對結婚、家庭沒興趣的人，完全不知道他的太太和孩子過世了。

「是因為生產時的意外。我在抱到自己孩子之前，就失去了那兩人。已經是很久以前的事了……真抱歉，說這種不吉利的話。喂，繼續練習！」

ＫＥＮ粗魯地說完，又開始熱心地教我彈吉他。

在這當中，他突然低聲說出這樣的話：

「雖然我只能做這種事，不過如果還有其他需要幫忙的地方，儘管跟我說吧。就算沒有也要跟我說，反正我一定會幫忙的。」

多虧ＫＥＮ的幫忙，讓我也逐漸能夠像樣地彈吉他。

綾音為我的進步感到驚訝，同時也顯得很高興。
綾音就這樣逐一實現清單的內容。
不過很遺憾地，其中也有幾個無法實現的願望。

・和春人一起去芬蘭

那裡是綾音很喜歡的、戴綠色尖帽子的角色誕生之地。
即便在當時，如果是搭直飛班機，只要大約半天就可以到了，不過綾音住院之後，遲遲無法出院。
「我好想趕快出院，回到春人家悠閒地生活。」
或許是因為在醫院太無聊，綾音常常這樣抱怨。
不過現實並沒有那麼簡單。慢慢地，有許多變化開始出現。
而且是往不好的方向變化。
而綾音有時會在聊天聊得很開心的時候，突然顯出痛苦的表情。
她會努力裝出笑容說「沒事」。

但這種情況的頻率增加了。

不久之後，主治醫生只對我一人說明情況。

狀態如果沒有穩定而持續惡化，就必須考慮轉到專門醫院，導入大規模的裝置。

裝置、導入——聽到如此嚴肅的單字，讓我感到害怕。

不斷變化的日常生活，攪亂了我對現實的感受。

原本那麼健康的綾音，在我眼前一次又一次地受到痛苦折磨。

「不要緊嗎？要不要叫護士？」

我從圓椅站起來問她，她便搖搖頭。

「不要緊……不過你可以牽我的手嗎？這樣可以讓我覺得很安心。」

我順從她的要求伸出手，綾音便露出笑容握住。她深呼吸好幾次，似乎穩定下來了。

「對不起，讓你嚇一跳。」

「妳太在意了，妳不需要在意這種事。」

聽到我的回答，綾音露出脆弱的微笑。她望著兩人牽起的手說：

「春人……你記得我們第一次牽手那一天嗎？」

「第一次？應該是高三去鬼屋的時候吧？」

「答錯了！是第一次在街頭演唱、被警察追的那次。」

「的確發生過那種事，不過我當時是抓住妳的手腕吧？」

雖然有些尷尬，不過我們會笑著聊起往事。

不久後，或許是累了，她開始昏昏欲睡。但仍然沒有放開我的手，不知何時睡著了。

我默默地注視著躺在病床上的綾音。

疾病依舊存在於她的體內，接下來或許會面臨更危險的時刻。

我忽然想像發生萬一的情況。

如果我們決定生下孩子的選擇是錯誤的，怎麼辦呢？

這裡有三個生命，但如果，最後只剩下一個呢？

很難說今後綾音的狀況不會突然產生劇烈變化。

也許她會被送進集中治療室，受到隔離。

有可能在那之後就再也見不到面了……

我有辦法在那樣的世界裡繼續活下去嗎？

我陷入黑暗的思考當中，轉眼間時間就過去了，窗外的景色染成一片鮮紅。

綾音醒來了，不知從什麼時候開始注視著我。

「春人，你不要緊嗎？」

「綾音，妳醒了。」

「你看起來好像快要哭出來了。」

「因為我很幸福。」

說完以後，為了不讓她看到我的臉，我把耳朵貼在她的肚子上。

即使這麼做，實際上也聽不到胎兒的心跳，不過我還是繼續把耳朵貼在肚子上。

一定要活著——我強烈地祈禱。

綾音和肚子裡的孩子，都要永遠幸福，活得長久。

我願意付出自己擁有的一切，所以拜託，請你們活著。

當我強烈祈禱時，綾音把手放在我的頭上。

她緩緩地摸著我的頭：「對不起。」

我的身體變得僵硬。

直到此刻，我才意識到綾音真的會死。

即將前往另一個世界的她，試圖要安慰繼續留在這個世界的我。我恢復原本的姿勢，注視著綾音。

淚水自然地湧出，不過我決定，這是自己最後一次哭泣。
就算說再多次不會寂寞，仍舊會再度變得寂寞。
這就是我對於人生的實際感受，今後我大概也會變得寂寞、痛苦。
但是在這次之後，我就不能再哭了。
如果我哭了，真正想哭的她就不能哭了。
她必須安心地把孩子生下來。
「我們一定要幸福。」
我用顫抖的聲音說完，輕輕擦拭最後的淚水。

4

・和春人一起去看星空

或許是因為身體逐漸習慣懷孕的狀態，綾音雖然仍無法出院，卻得到一次外出許可。
綾音說難得有這個機會，希望能做些浪漫的事。

我們住的小鎮有山地，也有可以看到美麗星空的景點。

於是我和綾音實際去觀賞在東京星象館看過的星星。

那段時期雖然持續在下雨，不過因為聽說週末會放晴，於是我們便事先申請外出。

綾音一直說，她希望有一天能在我的伴奏中唱歌。

我心想週末應該是最適合的時候，因此努力練習彈吉他。

雖然有時會因為種種不安湧上心頭而停下來，不過在外出日之前，我已經能夠彈完一整首樂曲。

我對自己感到頗為驕傲。當天晚上，我開車和綾音兩人一起外出。

「好棒，原來這裡可以看到這麼漂亮的星空。」

連日來的雨洗淨了天空，只見一望無際的美麗星空無限延伸。

「其實我也帶了電木吉他。我學會彈那首歌了，妳要不要唱唱看？」

我說的那首歌，就是綾音的引退歌曲。綾音對這提議很驚訝，不過還是答應了。

在宛若灑滿銀色沙子的星空之下，我彈著吉他，綾音唱著歌。

……病情應該還沒有進展到很嚴重的程度。

但是綾音的體力卻明顯地被削弱了。

她原本飽滿的聲音變得虛弱。

她本人應該最清楚，自己無法隨心所欲地唱歌。

過去我曾看過無數次綾音唱歌的模樣，但我從未看過她在唱完之後，顯得如此寂寞。

「春人，你進步好多。」

然而綾音還是看著我，努力微笑。

「我又實現了一個願望。」

她這麼說之後，像之前一樣，明明感覺很悲傷卻笑了。

我回以僵硬的笑容，綾音又把視線移到夜空，對我說：

「春人，你可以從背後抱住我嗎？我們一起看星星吧。」

我順從綾音的要求，從同樣的角度和她一起看星星。

我接觸到綾音的身體，感受到她的心跳，她還活著。

心臟持續跳動，生命就在那裡，在綾音體內。

在這麼近的地方，我感受到綾音宛若自己身體的一部分。

但實際上卻不是。

我只是我自己，而她只是她。

這一點讓我感到無比悲傷。

・盡量不要造成春人的困擾

綾音的狀態有時好轉，有時又惡化。

醫生和護士都付出心力，沒有讓她轉到專門醫院，設法度過了艱難的時期。

不過當她的身體狀況穩定下來，心理狀況卻出現了問題。

綾音會突然在病房裡掉眼淚。

「綾音，妳怎麼了？」

「對不起，我只是感到莫名不安……我應該可以生下孩子吧？不要緊吧？我沒有感覺到孩子在肚子裡動。」

「醫生不是也說過了嗎？孩子很順利地在成長，不要緊的。」

「可是……我總是感到不安。」

綾音說完低下頭，再度掉下眼淚。

我不忍看到這樣的景象，湊向綾音輕輕握住她的手。

綾音哭著說出過去她無法說出口的心願：

「春人，我想要和這孩子一起活下去。」

「嗯。」

「我有好多事想要做，孩子生下來之後，我要常常抱她，拍很多照片；當她會走路之後，我想要三個人一起到公園散步；我也想一起去遊樂園、去動物園；我想要看著你和孩子一起睡午覺，感受到無比的幸福。」

淚水源源不絕地湧出來，浸濕她的臉頰。

「我想要三個人在一起，一直在一起，我想和你一起守護著孩子的成長，我想給她很多的愛，我想要三個人在一起。」

我緊緊抱住綾音。

「我們三個會永遠在一起。」

「可是我會死掉。」

「妳不會死，妳不是還活著嗎？」

「可是我會死掉。我現在很害怕……那一天來臨，春人，我好怕，不要讓我變成一個人。讓我永遠跟你在一起。拜託，我不要離開，我們好不容易才在一起。」

害怕——仔細想想，綾音或許一直把這樣的情感隱藏在心中，沒有對我說出來。此刻她總算毫無掩飾地說出內心話，讓我感到高興。

「我也很害怕，我害怕妳離開的那一天來臨，不過我和妳現在不是都還活著嗎？」

說到這裡，我注視著雙頰被淚水沾濕的綾音的眼睛。

「直到我們死亡的那一天，我和妳都好好地活著吧！孩子生下來之後，妳不是有很多事想要做嗎？只要再等一陣子，加油。如果妳覺得受不了，可以像剛剛那樣對我傾訴，我是妳的丈夫，我愛妳，妳可以跟我說任何事。」

疾病、不安與悲傷——綾音面臨的挑戰太多了。

要獨自扛起這些問題，未免太沉重了。我希望能稍微分擔她的包袱。

到頭來，人類或許無論到哪裡都只有自己一個人。

但我們是共同生活的夫妻。我們可以跳出自己的框框，兩人一起分擔問題。

這一定就是結婚生活的意義。

綾音說她不想造成我的困擾，但我一再勸她吐露內心的不安或在意的事。

我感覺到透過這樣的過程，我們總算能夠成為真正的夫妻。

・替孩子取名字

抱病生下孩子的沉重壓力，不是外人能夠輕易想像的。

不過藉由逐步說出內心的不安，綾音的心理狀態又恢復了穩定。

雖然似乎是晚了一些，不過從某個階段開始，綾音也感受到胎兒在肚子裡活動。

綾音總算度過心理狀況不穩定的階段，逐漸恢復精神。

「我不想死。」

有一次，她很明確地對我這麼說，讓我感到驚訝。

「嗯，妳會活下去。」

我笑著回應她，她便開心地笑了。

當肚子裡的孩子明顯地開始活動，綾音便每天對孩子打招呼，或是對她說話。

「希望她早點生下來，我好想見到自己的女兒。」

「馬上就可以見到了，差不多也該替她取名字了。」

到了這個時期，胎兒的性別也大概確定了。

為了積極面對未來，我們談了幾次要替孩子取什麼名字，並列出了幾個候選名單。

不過這一天，綾音似乎忽然想到什麼，在紙上寫下不在這些名單當中的名字。

這個名字對我們來說代表希望。

「怎麼樣？這個名字很棒吧？因為預產期在秋天，所以原本沒有列在候選當中。」

「嗯……真不知道為什麼先前都沒有想到，不過這個名字實在是太適合了。」

不論看多少次，都覺得女兒的名字非此莫屬，我又說：

「雖然可能很普通，不過這是個好名字。這是代表我們希望的名字。」

綾音露出開心的笑容，對我說：

「因為女兒就是我的希望。」

「妳不只給了她生命，也給了她這麼好的名字。」

「對呀。不過我覺得，不是我們給予她生命，而是我們拜託這孩子接受這個生命。」

不是給予，而是拜託孩子接受。

這或許是身為母親才說得出來的話。

檢查的時間到了，我便走出房間。我在門外看到KEN靠在病房的牆壁。他低著頭，顯露出痛苦的模樣。

「……為什麼不是像我這種老不死的走，而是她要先走？」

我想說些回應的話，但KEN只說「我會再來」，然後就走了。

＊＊＊

為什麼不是我們，而是她？直到現在，我也找不到這個答案。
我有時會想到，如果人生沒有意義，那麼活著與死亡也都沒有意義。
這就等於是人類逕自寄居在這個地球上，發展出高度智力並產生語言，然後喊些戀愛、有意義、無意義這些口號。
由於綾音的死帶來的莫大悲傷，我差點陷入像這樣虛無的漩渦當中。
不過每一次，我都會一再想起綾音所說的話。
——我覺得，不是我們給予她生命，而是我們拜託這孩子接受這個生命。
光是這樣，很奇妙地，我似乎就能肯定這段人生。
而現在，被接受的生命成長了，和我一起看著綾音留下的東西，讓我感到莫名的喜悅。
死前願望清單還沒有結束。
綾音想必無論如何都想要實現的項目，出現在我們眼前。

・告訴孩子，謝謝妳生下來

我轉向女兒，看到她目不轉睛地盯著清單，似乎預期到接下來要聽到的內容。

我回想著當時的情景，再度開口。

＊＊＊

5

綾音克服身體出現的種種苦痛，迎接預產日。

比預定的日期提前三天在中午時破水，到了傍晚，綾音正式開始陣痛。

她換了衣服，在待產室量體溫和血壓時，我走到房間外面。

這時，先前聯絡的ＫＥＮ和正文先生都趕來了。

「幫我把這個交給綾音。」

我看到KEN遞給我的東西，感到很驚訝。

這是祈禱安產的御守。

「以前我總覺得不好意思向神明祈禱，或是隨身攜帶御守，不過這次我不想後悔，希望你們能夠連同我們的份得到幸福。」

他似乎是去了外縣著名的神社，特地買了這個御守回來。

回憶起過去的往事一定讓他感到很痛苦，他卻還是……

想到他替我們做到這個地步，我不禁熱淚盈眶。

「別這樣，我都已經決定不要再哭了。」

我邊說邊接受御守，KEN笑著看我收下。

「下次見面的時候，你也成為爸爸了。」

正文先生這麼說，我便點頭，並向兩人道謝之後回到待產室。

綾音的陣痛雖然不算輕微，不過生產時間卻很短。綾音希望我能夠見證生產，因此我陪伴她前往分娩室，一起握著御守，在一旁鼓勵她。

「兩位的女兒快要生出來了。」

助產師這麼說，接著……嬰兒誕生的哭聲迴盪在室內。

原本從綾音身體接收氧氣的孩子張開雙肺，自己呼吸。

這是告知我們的女兒誕生的，生命的吶喊。

在醫生和助產師進行處理的期間，我因為太感動而頭暈目眩。

在到達這個瞬間之前，真的發生了許許多多的事。

孩子安全誕生，母女兩人都健康。

我想對這一切表達感謝。

然而，我不能一直沉浸在感動當中。

以僅存的冷靜想到這一點，我轉頭去看綾音。

綾音……閉著雙眼，身體沒有動彈。

我的腦袋有一瞬間變得空白。

「綾音？綾音！」

這時綾音深深地吸入一口氣，然後像喘氣一般大口地呼吸。

她張開眼睛，一臉茫然地看著我。

「我、我……生了嗎？順利生下來了嗎？」

「沒錯，妳生下了新生命，妳做到了！這是我們的女兒。」

「真的?你是說真的?」

「妳聽見了吧?她在自己呼吸。」

不久之後,助產師將處理好的嬰兒帶進來。

「誰要先抱孩子?」

被問到時,我毫不猶豫地表示讓綾音先抱她。

剛出生的孩子被送到躺在床上的綾音胸前。

成為母親的綾音伸手抱住女兒。

這時我看到綾音的眼睛被水覆蓋,淚珠不斷膨脹後湧出,形成一道淚水滑過臉頰。

看到她這樣,我感到心如刀割,無法順利呼吸。

但是我身為綾音的丈夫,必須要催促她。

我必須讓她說出只有現在才能說的一句話。

「綾音,妳不是有話要告訴這孩子嗎?快對她說吧。」

綾音理解到我的用意,說了聲「嗯」,臉孔皺了起來。

她發出嗚咽的聲音,不斷抽泣。

不過她還是說出來了,她朝著自己的孩子說:

「……真的、很謝謝妳、生出來……真的、真的……謝謝妳。」

接著綾音和剛誕生的新生命一起嚎啕大哭。

接下來的日子裡，我們夫妻和孩子三個人一起生活。

綾音在生完孩子、身體狀況穩定下來之後，總算回到離開許久的家裡。

接下來就是我們親子的時間。

三人一起做了許多的事情，為了在明天死去也不會留下遺憾，我們每天都過得很幸福。

綾音總是笑口常開，孩子似乎也很開心。

「你看這張照片。」

生完孩子之後過了半年，我們在家裡的客廳時，綾音拿照片給我看。

綾音在出院後，買了一台容易使用的相機，拍下各種場景並列印出來。

她拿給我看的照片裡，拍的是女兒和我。這是三個月大的時候拍的。女兒伸出小手，而我則用食指迎接她的手掌。

「這張拍得真好。」

「是啊，我還拍了很多。啊，這張也是我個人很喜歡的照片。」

我們一起瀏覽這半年來綾音拍的照片。

畫面中心總是會有我們的孩子。

照片裡有時也會出現KEN、YOSHI以及本地的樂團成員。另外還有正文先生。其中有一張，是KEN抱著我們的孩子大哭的照片。

另外還有一家三人合照的照片。

在這些照片中沒有任何死亡的陰影，都是很普通的家庭照片，想必隨處可見。

「我們三人真的去了好多地方。」

我感觸良深地說，綾音立刻回應：

「還不夠多。」

「什麼？」

「我們今後還要去更多地方，三個人一起嘗試各式各樣的事。」

綾音的笑容太燦爛，讓我幾乎要哭出來。

宣告剩下一年半的生命期限逐漸逼近。

綾音的病情並沒有停止進展，此刻也侵蝕著她的身體。目前只是藉由服藥勉強維繫生命，她也必須經常去醫院就診。

她大概每一天都痛苦到極點——即便如此，她仍舊保持笑容。

「等到這孩子一歲的時候，我們還要去海邊。聽說到那個階段應該就沒有問題。我想讓她感受海浪。」

還有半年的時間……綾音的性命能夠撐到那時候嗎？

我腦中不禁浮現這樣的問題，但還是努力揮去這個念頭，裝出笑臉回應：

「嗯，好啊，我們一起去看海吧！三個人一起到那懷念的海邊。」

在那之後，我們三人也試圖要過著和以往一樣的生活。

暗地裡卻掉過無數次的眼淚。

綾音的病情逐漸加重，後來又無法繼續待在家裡。

她反覆住院與出院，每一次的過程都削弱了她的生命。

生產後過了一年。

我們全家一起來到附近的海邊。

孩子很順利地成長，現在已經能獨自走路了，她在海灘上愉快地和綾音嬉戲。

綾音此時仍舊還活著，關愛並照顧著我們的孩子。
我從遠處眺望在海邊嬉戲的兩人。
綾音發覺到我在看她們，朝著我揮手，女兒也同樣地揮手。
我也朝她們用力揮手。那孩子看了也模仿我，再度使勁地揮手。
看到這樣的景象，綾音也笑了。

這是綾音身體狀況暫時好轉時，展現在我們面前的，最後的健康姿態。
她說她很幸福。十天後，水嶋綾音離開了人世。
自此之後，她永遠活在我的心中。

終章 妳留下的歌

我把自己和綾音之間發生過的事，一五一十地全部告訴女兒。

說完的時候，時鐘的針已指著將近半夜十二點。

我和綾音的女兒，每天都過著快樂的生活，幾天前剛從高中畢業。

她有時會說些任性的話惹我生氣，有時也會跟我吵架。

不過我們兩人會分享重要的事情。

那就是我愛她。除了我之外，還有許多人都愛著她。

因為單親的身分，或許也造成了她的困擾。

女兒剛過一歲時，她的母親綾音就離開我們，前往遙遠的世界。

現在的她，大概沒什麼和母親實際接觸的記憶吧？

直到小學畢業，女兒每年生日都會收到來自綾音的影片訊息。這是在綾音生前，由大家合力完成的。我雖然覺得可以一直持續到女兒成年為止，不過綾音不想造成女兒的負擔，因此只做到小學畢業的階段。

小時候，綾音對女兒來說，是每年生日透過螢幕見面的母親，也是在螢幕中打扮得漂漂亮亮唱歌的特別人物。

正文先生保存了綾音曾演出過的節目和演唱會影片。KEN和樂團成員每次到我家，就會和女兒一起觀賞那些影片。

女兒在升上幼兒園大班時，開始對沒有母親一事感到寂寞。

我重新回到鎮公所上班。當我下班去接她時，她有時會盯著和母親一起回家的朋友。當我牽起她的手，她就會緊緊握住我的手。

她升上小學時，或許就朦朧理解到，自己永遠無法見到每次生日都會寄影片來的母親。

——即便如此，還是有很多人愛妳。這一點是不會改變的。

我一再以言語和行動告訴她。

她有時也會反抗。她會說些任性的話，或者無理取鬧，讓我傷透腦筋。

我盡可能努力用愛來包容她的寂寞與孤獨。

就這樣，女兒逐漸接受綾音不在的事實。

如果能夠如願，綾音當然也希望能一起看著孩子成長。

但很遺憾地，這樣的心願無法實現。
不過我仍記得我們是如何珍惜女兒、疼愛女兒。
雖然罹患絕症，但綾音比任何人都更想見到妳、比任何人更愛妳——
當女兒理解到這一點，我覺得我們總算成為真正的父女。
女兒升上小學三年級之後，不知道從哪裡學來的，有一天忽然說她想要相框。
她自己找來綾音的相片，放在相框裡。
她大概是在卡通或電視劇裡看到這樣的場景吧？
不過正是這樣的習慣造就一個人。
女兒會每天主動對相框裡的母親打招呼。
不知不覺中，她就和綾音在一起生活。

「謝謝你告訴我媽媽的事。」
女兒眼中雖然閃爍著淚光，不過表情顯得很清爽。
「這樣一來……即使離開家鄉到東京，我一定也能努力。」
女兒在下個月的四月，即將出道成為歌手。

這是她自己選擇的道路。

她說她想要跟母親走一樣的路，藉此感受母親的存在。

女兒具有音樂天分。從小學的時候，ＫＥＮ就教導她彈吉他；上了國中，她和本地的樂團成員一起組樂團，開始在瑪莎義大利小館唱歌。

高三夏天，她隱藏自己是綾音女兒的身分，參加母親曾隸屬的唱片公司徵選，順利過關。不過長相酷似母親的她立刻被識破身分，因此即將以綾音女兒的名義隆重出道。

「現在才問也許太晚了，不過我離開家裡，你會不會感到寂寞？」

女兒體貼地問我，我便老實回答：

「會呀，很寂寞。」

無論說了幾次不寂寞，還是會再度變得寂寞。這就是人生。

然而即使是這樣的寂寞，換個角度來看也會感覺溫暖。

「但是我也感到高興，跟妳一起上台演出，我就知道妳真的很厲害。等到妳出道之後，一定會有很多人成為妳的粉絲。」

是她主動提議，在離開之前要跟我一起上台演出。

她說她最後想和父親同台演出，地點是父母親曾一起寫歌發表的正文叔叔的餐廳。

我雖然很久沒有摸吉他了，不過還是盡最大的努力。

「妳一定會活在許多人的心中，就像妳媽媽一樣。」

女兒聽了我的話，似乎有些不好意思，不過還是以堅毅的口吻說：

「嗯，我會努力，你要替我加油喔。」

時間流逝，女兒出道的日子來臨了。

以實力派歌聲與演奏為賣點的她，這一天要在知名的直播音樂節目發表出道歌曲。而且肩負在節目最後演唱的重任。

瑪莎義大利小館特別擺出螢幕，讓固定成員和顧客觀賞她的表現。已經引退的KEN和YOSHI也會到場。

雖然是女兒的重要舞台，不過我決定在家裡獨自一人觀賞。

到了節目開始的時間，我看到身為演出者之一的她出現在螢幕上。

她看起來一點都不緊張，比任何人都顯得輕鬆。

真希望能讓綾音也看到她今天的模樣。

由於大家的協助，我總算把女兒撫養長大。

對我來說，這也是誓言。在我們決定生下孩子的那一天，我就發過誓。

——我會好好疼愛綾音和我的孩子。即使沒有母親，我也會把這個孩子養育成體貼率直的孩子，能感謝生了病仍把自己生下來的母親，並且以母親為榮。

就這樣，我完成了自己該做的事、想做的事。

就像寫下死前願望清單的綾音一樣……

這時我忽然想起來，在等待女兒登場之前拿出某樣東西。

這是上次和女兒一起看的東西，上面寫著綾音想在生前做的事。

不過願望清單只是綾音留下東西的部分內容。

綾音想留給我們的是一封信。

而這封信與綾音的生命同在。

她似乎每天都花時間來寫這封信，每一部分的文字感覺都不太一樣。對平常人來說，或許不是什麼大不了的長度，不過綾音想必是花了很大的工夫。

一直寫到……死亡的預感逼近到眼前的時刻。

我從頭開始閱讀綾音留下的信。

我夢想著有一天能和春人重逢。
還記得我以前寫過那樣的信嗎？
在那之後，過了好長一段時間。
沒想到我竟然能和春人成為夫妻，真的是很大的驚喜。
我要突然報告一件事：我現在正在想死前想做的事。
結果首先就想到要留下這封信。
當我知道春人很珍惜我的信時，雖然有點不好意思，不過還是很高興。
謝謝你。
除了留下這封信之外，我還有其他想做的事。
我打算把這些心願列舉在這封信裡，並且一一實現。
不知道能夠寫出多少願望，不知道能夠想到多少願望，我感到很期待。
不過第一項已經決定好了。
・生下我和春人的孩子
・舉辦告別演唱會，向歌迷道謝

・完成那首歌，在演唱會中表演
・向經紀人和其他照顧我的人道謝
・和春人一起搭新幹線回家鄉
・直到最後一天，都要和春人在一起
・我想要舉辦婚禮
・丟捧花的時候要讓ＫＥＮ接住，讓大家哈哈大笑
・盡量每天向春人的祖父母打招呼
・去釣魚
・不變裝和春人牽手走路
・我想去溫泉旅行
・偷偷對ＫＥＮ說謝謝
・擁抱叔叔，稍微撒一下嬌
・對ＹＯＳＨＩ說要好好珍惜太太跟小孩
・和本地樂團的大家聊天

- 和以前的樂團成員上台演出
- 教春人彈吉他
- 在春人的伴奏中唱歌
- 打電話給高中時照顧我的老師
- 早點出院
- 和春人一起去芬蘭
- 和春人一起去看星空
- 只要還活著，就要盡量保持笑容
- 盡量不要造成春人的困擾
- 替孩子取名字
- 每天跟孩子打招呼
- 對孩子說，謝謝妳出生
- 留下許多三人在一起的照片
- 三人一起去很多地方
- 趁春人和女兒睡著的時候親他們

・拍很多張春人和女兒的最佳鏡頭
・和女兒穿親子裝
・女兒一歲的時候，一起去海邊
・一定要活到女兒一歲的時候
・留下影片訊息給女兒
・即使很痛苦，也不要露出痛苦的表情
・痛苦的時候要老實說出來（跟春人的約定）
・每天擁抱女兒，告訴她我愛她

謝謝你，實現許多我想要做的事。
昨天去海邊也玩得好開心。因為有春人在，所以我總是很幸福。
我大概已經快要死了。
雖然很難過，但是我不再害怕。
因為我和心愛的家人在一起。

附筆

我本來想要永遠記住並且留下你的詩，可是我卻先走了，對不起。

我愛你們兩個。

回想起當時的情景讀這封信，淚腺受到刺激，眼睛深處感到疼痛。

我設法止住眼淚，對仍舊活在我心中的綾音輕聲說：

「我也因為有妳在，所以很幸福。」

當我讀完信再度抬起頭，節目已經快要進入尾聲了。

我看到女兒正好出現在螢幕上。雖然感覺有點早，不過好像已經輪到她表演了。

曲子介紹完畢之後，她開始唱歌。女兒和綾音一樣，閉著眼睛唱歌。

字幕寫著「天才歌姬綾音的親生女兒出道」。

如今綾音的名字已成為過去。

不過女兒真的擁有實力，她以完全不辜負出道規模的動人歌聲打動觀眾。

綾音……我們的孩子在唱歌，她跟妳一樣，成了歌手。

她說她想要跟妳走一樣的路，感受妳的存在。這是那孩子自己選的路。

身為最後演唱者的女兒唱完出道歌曲，音樂節目就結束了。

接下來，女兒的新人生就要展開。

我只能祈禱她的人生會充滿幸福。

我目送女兒離巢，準備關掉螢幕電源。

這時節目中發生了我不曾預期的事。

『最後請大家再聽一首歌。這首歌要獻給我最愛的亡母，以及現在一定也在看著我的父親，這是他們兩人一起寫的歌。』

……我一時無法理解到發生了什麼事。

我以為女兒擾亂了節目的程序，不過看來並非如此。

證據就是音樂節目的女主持人開始說話：

『接下來的歌曲，是她的親生母親綾音在告別演唱會中唱過的曲子，由母親綾音作曲，父親作詞，是一首很有紀念意義的歌曲。』

女主持人說完，熟悉的前奏就開始了。

這段音樂和ＫＥＮ在綾音告別演唱會上演奏的一模一樣。

我原本以為ＫＥＮ此刻應該在瑪莎義大利小館，但他不知為何卻站在現場直播的節目舞台上彈吉他，舞台上還有拿著貝斯的ＹＯＳＨＩ。

不只他們兩個，就連本地的樂團成員也在演奏。

從前和綾音組樂團的所有人都到齊了。

・和以前的樂團成員上台演出

難道是巧合嗎？

這是綾音寫在死前心願清單上，但在住院後無法實現的願望。

在演奏前奏的時候，螢幕映出女兒的臉。

她面帶微笑，緩緩動著嘴巴，似乎是隔著螢幕要表達什麼。

她的聲音沒有被麥克風捕捉到。

不過我確實接收到她要說的內容。

『爸爸的詩一定會留下來。』

女兒果然記得綾音信中的內容……

女兒這句話讓我想起綾音曾經說過的話。

我無法自拔地陷入了追憶當中。

和綾音在一起生活的每一天，就如落英般被風捲起。

——水嶋，你在寫詩嗎？

記憶當中，她在第一次聽到我的詩之後，態度冷淡地出現在我面前。

——春人，你的詩一定會留下來，至少我會記住。

下一個瞬間，冷淡的表情就被在我得獎時感到高興的臉孔取代。

對我做這項約定的她也已經不在了，但是……

的確有一直留下來的東西。

我的視野變得模糊。我明明已經決定不要哭，我曾經決定再也不要哭。

因為我認為，如果我不堅強起來，綾音就無法安心生下孩子。

我認為如果我哭了，綾音就無法安心地走。

無論如何寂寞、悲傷，我都必須盡到作為女兒父親的職責。

可是現在，我已經結束所有義務。

我不需要再忍耐了，我可以隨心所欲地大哭。

我發現自己淚流滿面，無法停止。

這些透明的淚水，是在多久以前就沉睡在我體內的？
我感到悲傷、高興、溫暖、孤寂，但我仍舊愛著兩人。
視野被朦朧的光芒覆蓋。
即使在這樣的狀況當中，我仍舊能夠確實讀出螢幕上的文字。
這是我們留下的歌。
我們的女兒正要演唱這首歌。

〈春天的歌〉
作曲：遠坂綾音
作詞：水嶋春人

很長的前奏結束，螢幕上的作詞作曲者消失了。
春歌（ＨＡＲＵＫＡ）正在向世人演唱這首歌。
我們的女兒在唱懷念的希望之歌。
妳留下的歌就如花朵綻放，持續迴盪在這個世界。

後記

我喜歡看天空，常常仰望天空。

我特別喜歡出現飛機雲的靜謐晴朗的天空。

那樣的景色不知為何會觸動我的心弦，讓我感到寂寞，而我也會在這樣的寂寞當中，感受到音樂的存在。

我想以將這種感觸寫成詩的少年為主角，於是這部作品就誕生了。

我寫的作品往往是在某個人生重要里程碑「之後」繼續生活的故事。

人生有各式各樣的里程碑，有的很具有戲劇性，有的則很平淡。

有流淚的場面，也有必須忍住淚水的場面。

不過在每一種情況中，都有一個共同點，那就是即使在電影末尾開始播放工作人員名單般的場景過去之後，這段人生仍舊會持續下去。

人生並不只有美好的一面，有時也會顯得殘酷，偶爾會令人難以承受。
即便如此，在自己心中獲得的美好事物不會成為往日的幻影，而會一直留下來，和自己一起持續存在。

雖然有時會有隨著時間經過而變遷的感受，但那些美好事物確實存在。
光是這樣的存在，或許就能讓人再度面朝前方積極生活。
最近的我是這麼想的。

本作品是我在Media Works文庫出版的第二本書。（註：此為日本出版狀況）
這次出版之際，也承蒙許多人的協助。
責任編輯很有毅力地陪伴我完成原稿，讓我感激不盡。
另外也要感謝負責封面的Koichi老師，這次也提供美麗的作品。

最後要感謝拿起這本書的各位讀者。
我無法向每一個人當面道謝，因此也要在此向大家鞠躬。

非常感謝你拿起這本書。
希望今後還能在某處見面。

一条岬

國家圖書館出版品預行編目資料

妳最後留下的歌/一条岬作；黃涓芳譯. -- 初版. --
臺北市：臺灣角川股份有限公司, 2024.04
面；　公分
譯自：君が最後に遺した歌
ISBN 978-626-378-701-8(平裝)

861.57　　113000517

輕文學
Light Literature

妳最後留下的歌

原書名＊君が最後に遺した歌

作　　者＊一条岬
攝 影 者＊Koichi
譯　　者＊黃涓芳

2024年4月22日　初版第1刷發行

發 行 人＊台灣角川股份有限公司
總　　監＊呂慧君
總 編 輯＊蔡佩芬
主　　編＊李維莉
美術設計＊林佑邦
印　　務＊李明修（主任）、張加恩（主任）、張凱棋

台灣角川

發 行 所＊台灣角川股份有限公司
地　　址＊104台北市中山區松江路223號3樓
電　　話＊（02）2515-3000
傳　　真＊（02）2515-0033
網　　址＊http://www.kadokawa.com.tw
劃撥帳戶＊台灣角川股份有限公司
劃撥帳號＊19487412
法律顧問＊有澤法律事務所
製　　版＊尚騰印刷事業有限公司
I S B N＊978-626-378-701-8